異世界だと思ったら崩壊した未来だった

神話の時代から来た発掘師

滋田英陽
Hideyo Shida

イラスト■千時
illust■Zenji

TOブックス

イラスト：千時

デザイン：BEE-PEE

Contents

The Digger
Game From Mythological Age

プロローグ

あまねく世界を司る存在同士が争っていた。

恒常的になされるその争いは、他愛ない意地の張りあいだった。

本気で相手を潰そうと考えているわけではない。

どちらが強いか、賢いか、美しいか。

ただそれだけを賭していた。

あるとき、その余波が時空の壁をすり抜け、わずかに漏れ出た。

彼らからしてみれば、それは取るに足らない極々わずかで、極々希薄な揺らぎでしかなかった。

その、わずかで希薄な揺らぎの極々一部が、さらに薄められ、世界に拡散していった。

全知の存在たる彼らには、その帰結する先が解かってしまう。

あまたの星々が存在する世界。

その中の稀有な星。

意識を有する有機生命体で満ち満ちた星。

そのひとつが地球だった。

そこに近づく争いの余波。

それは、全ての有機物に劇的な変化をもたらし得た。
守らねばならない、命を。
与えなければならない、生きていく力を。

第一章

木漏れ日すら差し込まない森の深淵。見渡すかぎりに乱立した巨木。コケむしたその根が複雑に絡み合い、俺の行く手を阻んでいた。滑り落ち、よじ登り、また滑り落ちる。遅々として進まぬ道程と、限界を超えた空腹。濃厚に漂っているはずのマイナスイオンも、今の俺には何の糧にもならない。あれからもう、何日経《た》ったのだろう？　食料は尽《つ》き、水も体力も残りわずか。あのときは、まさかこんなことになるなんて、露ほども思ってはいなかった。

◇◇◇◇

「空《そら》君、無理言って悪いね。二週間ヨロシク頼むよ」

俺はお隣さんの高科《たかしな》さん一家三人と、家というには小さな、そして恐ろしく頑丈そうなドアがあるだけの、窓のない四角い箱の前にいた。その四角い箱が、十メートルほど離れて芝のグラウンドに二つ設置してある。

高科さん一家の主、陽一《よういち》さんは、とある大手建築会社に勤めるサラリーマンだ。その建築会社が、筑波のとある研究所と共同開発した最新型のシェルター。それが四角い箱の正体だった。

陽一さん曰く、このシェルターはたとえ核爆発の直撃を受けても、どろどろに溶けた溶岩の中に放り込まれても、内部環境は快適なのだそうだ。さらに、最悪のときには内部の時間を止めてでも救出を待てるようになっているらしい。うさんくせえ、と最初は思ったが、俺には関係ないことだし、右から左へ聞き流しておいた。そんなことよりも、俺はこのバイトに誘ってくれたことの方が嬉しかった。

「いえいえ、静かなところでタダで生活できて、おまけにバイト料までもらえるなんてサイコーっす」

「ははっ、それは良かった。その荷物は受験勉強かい？」

「はい。これくらいしかできそうにないですから」

「ねぇねぇ、ママ。じゅけんべんきょうってなぁに？」

「学校に入るためのお勉強よ、一花《いちか》ちゃん」

高科さんちの一人娘、一花ちゃんは、将来俺のお嫁さんになると言ってはばからない少しおませな小学一年生。別に光源氏計画に倣おうとしたわけではないが、ときたま遊んであげているうちに俺になついてくれた。

「ふぅーん。がんばってね、ソラおにいちゃん」

よく分かっていない感じだったが、大人びるように背伸びした一花ちゃんが微笑ましい。

「一花ちゃんも頑張るんだよ」

「うん、いちかがんばる」

「よーし、一花ちゃん手を出してごらん」

「こう？」

不思議そうに両手を差し出した一花ちゃん。俺は、ポケットに入れていたとあるものを、見えないように彼女の手のひらにそっと置いた。そして、その小さな手を優しく包《つつ》むように握らせる。

「手を開けてごらん」

期待感いっぱいの瞳を、キラキラと輝かせている一花ちゃん。開かれた彼女の手のひらには、小指の先ほどの大きさで、しずく状に磨かれた紫水晶のネックレスが置かれていた。一花ちゃんの表情がぱぁあっと明るくなる。

これは、去年親戚のおじさんと鉱物採取に行ったときに拾ってきた紫水晶を、そのおじさんの研磨機で磨いたものだ。その紫水晶に銀メッキのチェーンを取りつけてネックレスにした。

宝石としての価値などほぼないが、俺はそのネックレスを気に入っていて、同じものを身につけている。それを見た一花ちゃんは、同じものを異常に欲しがっていた。先週の日曜におじさんの所へ行った際、それを思い出して作ってきたのだ。

俺がトレジャーハントにハマることになったのは、そのおじさんのおかげだったりする。幼少のころは、おじさんが話してくれる宝探しの話を夢中になって聞いていたものだ。

「うわー、きれい……いちかのおねがいきいてくれたんだね。ソラおにいちゃんとおんなじ」

「約束だったからね」

「ありがとう、ソラおにいちゃん。だぁいすき」

こぼれるような笑顔になった一花ちゃんと、微笑ましそうにその様子を見ている彼女の両親。

大学受験を控えた高校最後の夏休み、俺は高科さん一家と共に、シェルターのモニターをすることになった。期間は二週間、その間シェルターの中で生活するだけ。メディアはラジオしかなく情報端末は持ち込めないし、食い物も味気ない保存食だけだ。おまけに風呂もない。けれども、一日五千円の報酬が出るし、下着の替えとタオルはあるということだった。

そして、受験勉強をしても構わないという。一応受験生であり金欠気味の俺にとっては、願ったりかなったりという好条件のバイトを、陽一さんが紹介してくれたのだ。

ただし、生活の一部始終を記録されることになるから、恥ずかしい姿を晒さないように気をつけた方がいいだろう。

なんてことを考えながら、高科さんちの一人娘、七歳の一花ちゃんの頭を撫でてから入ったシェルターの中には、小さな折り畳み式のちゃぶ台と、寝袋が置いてあった。

ひととおり見て回れば、トイレはあるが、風呂も台所も冷蔵庫も無く、備えつけの棚には保存食と防災グッズがあるだけだ。

「ホントに殺風景だな……」

『ただ今より試験を開始します。体調に異常を感じられましたら、壁に備えつけてあるインターホンでお知らせください』

他には何があるかと、部屋を見わたしていたら、壁に備えつけられたインターホンからお姉さんの声が聞こえてきた。当然顔は分からないが、若くて瑞々しい声だ。このバイトが終わったら、ぜひともお会いして親密な関係になりたいものだ。あいにく、口説く甲斐性など持ち合わせてはいない言われるがままにシェルターの重いドアを閉め、俺の禁欲生活がはじまりを告げた。

『それではシェルターのドアを閉めてください。頑張ってくださいね』

「了解っす」

ところが口惜しいが。

そして、何事も無く二週間が過ぎ去っていく。

受験勉強くらいしかすることがなかったから、時間がたつのが異常に遅く感じられた。だがそれも、明日の朝までの我慢だ。そうすれば風呂にも入れるし、やりたいこともできるようになる。そして、七万円という大金が手に入る。

正直なところを白状すると、大学受験に関してはそれほど難しい学校を受けるわけではない。今の成績でも余裕で合格できると先生からお墨付きをもらっていた。だから俺はこの七万円を使い、まだ二十日以上ある夏休みの残り期間を有意義に過ごそうと考えている。

そして残りの夏休み、このバイトで得た金を使って、トレジャーハンティングに出かけようと考えている。

有名どころで言えば、徳川埋蔵金とか、豊臣の埋蔵金だとか、結城晴朝の黄金だとか、旧日本軍の物資だとか、日本には数多くの埋蔵金伝説が存在している。有名な埋蔵金伝説を調査するだけでも何気に楽しいから困ったものだ。

現実的なところでいえば、久しぶりにおじさんと輝石や宝石の原石を採取に行ったり、砂金を取りに行ったりするのもいいかもしれない。おじさんは俺がトレジャーハントにハマるきっかけになった人だし、その知識たるや俺の及ぶところではないからだ。

　宝を発見して大儲けするなどということは、まずあり得ないし期待もしていないが、トレジャーハントには夢が詰まっている。男のロマンと言ってもいいだろう。どこに行こうか、なにを探そうか、そう考えるだけで楽しくて仕方がない。

「それにしてもヒマだ。外も見えないし、勉強は飽きたし、ラジオだけじゃなぁ……。一花ちゃん泣いてないといいけど」

　小学一年といえば外で遊びたい盛りだろうに……。なんてことを考えているときだった。

「ん、何だ？」

　予兆も何もなく唐突に大きな縦揺れが俺を襲った。分厚い壁越しにゴウゴウと響く轟音と、収まる気配のない大きな揺れ。立つことはおろか、這うことすらできないその揺れに、俺は必死に床にへばりついていた。そして、経過した時間も分からないうちにその揺れが唐突に止まる。つけていたラジオからはシャーシャーと雑音だけが響き、部屋の明かりが薄暗くなったように感じられた。

「――痛ッ、部屋が傾いてやがる。今の揺れは何だったんだ？　地震か？　とにかく聞いてみよう」

　傾いた部屋を壁伝いに歩き、ドアの横にあるインターホンのボタンを押す。そして、係の人に連絡をとろうとしたが返事はなかった。シャー、という雑音が響いただけだった。

「回線が切れた？　陽一さんたち大丈夫かな」

　俺は急激に不安に駆られた。一刻も早く外の空気を吸いたい。外に出て無事な一花ちゃんたちを見て安心したい。考えるまでもなく、俺はシェルターのドアレバーを回していた。そして重い扉を押し開く。

「…………」

それはあり得ない光景だった。俺の目に飛び込んできたのは漆黒の闇に包まれた無数の樹木。星空は木の葉に覆われて見ることができない。シェルターから漏れた光だけが、生い茂る巨木の群れを映し出していた。

揺れに襲われたのは昼過ぎだ。ラジオの時報が聞こえた後だったから間違いない。それに、ここは高科さんの会社のグラウンドだったはずだ。

「そうだッ！」

慌てて高科さんが入っているシェルターを確認しようと、俺は顔をドアの外に出して視線を横に向けた。

「無い。シェルターが……無い」

十メートル隣にあった高科さん一家のシェルターがあった場所は、今にも崩れ落ちそうな岩壁とゴロゴロとした岩石。暗くてよく見えないが、そこにシェルターが無いことだけは分かる。岩に押し潰されているわけではない。バラバラに破壊されているわけでもない。存在自体が確認できない。

「陽一さん、一花ちゃん、希美花《きみか》さん……」

笑顔でがんばると言っていた一花ちゃん。ヨロシクと申し訳なさそうにしていた陽一さん。嬉しそうに俺に撫でられている一花ちゃんを、微笑ましく見守っていた希美花さん。俺の脳裏には、その光景が走馬灯のように駆け巡った。

「………………」

どうすればいいのか、どう考えればいいのか、なにも分からない。木の葉が風で擦れ合う音だけしか聞こえてこない中、何もできずに決して短くはない沈黙の時間が過ぎ去っていった。そして、絶望感と焦燥感に支配されて座りこんでいるうちに、俺はいつのまにか眠ってしまっていた。


ふと目覚めると、部屋の明かりはいつのまにか消えていて、開け放たれたドアから入り込む薄い光と新鮮な空気が、俺を優しく包み込んでいた。

眠ったからだろうが、俺は考える力を取り戻していた。まずは現状の再確認が必要だろう。あれは夢だった、なんてことは傾いた床が否定している。起き出した俺は、シェルターの出口から外を見まわした。

「森の中……だよな」

視界を遮るコケの生えた巨木の根と幹。木の葉に覆い隠されて空を見ることもできない。横を見れば崖崩れの後のように散乱する岩石と岩肌。

高科さん一家のシェルターは、やっぱり無かった。見上げれば、シェルターの後背は真新しい岩肌が露出した崖だ。森の最奥の岩山が地震で崩れたのだろうか、ここはまさにそんな場所だった。

「困ったな」

それが正直な思いだった。喪失感、憔悴感、不安、焦り。そんな感情が混ざり合った困惑だ。しかし、困ってばかりでは何も解決しない。そう思うことができた俺は、一旦部屋の中に戻り、どうすればいいか考えることにした。

現状分かっていることといえば、大きな揺れの後にシェルターの位置が移動していたこと。ラジオが受信できないこと。高科さん一家のシェルターが消えていたこと。ここが深い森の中であること。いきなり昼から夜になっていたこと。

この状況を鑑み、まず脳裏に浮かんだのは、異世界転移という非現実的な現象だった。もしかしたら、心の奥底にそんな願望があったのかもしれない。中二病だと笑ってくれても構わない。アニメや小説に毒されすぎだとバカにされても構わない。

しかし、気がつけば森の中にいて、ラジオの電波も届かず、昼夜が逆転し、隣にあったシェルターが跡形もなく消えているという現実。それらを突きつけられれば、異世界転移くらいしか思い浮かばなかった。

「異世界転移？　んなバカな。でも、もしそうだとしたら何をすべきか……」

このままここにいて、誰かが来るのを待つという選択肢はあり得ない。水はまだ数日分残っているが、食料がほとんどない。乾パンがひと缶と飴玉が五つだ。節約しても二日でなくなるだろう。

だとしたら、とりあえずここを拠点にして、森で食料を調達してくるというのはどうだろうか？　これは一考の価値があるだろう。シェルターという雨風を凌《しの》げる快適な寝床は捨てがたい。

しかし、食料が調達できなかったら？　シェルターから見える森の木々は巨大な針葉樹ばかりだ。そう簡単に食料が調達できるとは考えにくい。食べられる果実が生りそうな木なんて、まったく見えないのだから。

だとすれば魚はどうだろう？　動物を狩る方法なんて知らないし、その道具も無い。だけど、川を見つけられれば魚なら捕まえられるかもしれないし、水場には食えるものがありそうな気がする。

「それに、食い物だけじゃないよな」

今の俺は二週間も風呂に入っていないのだ。体中が痒いし臭いも気になるし、髪の毛なんてギットギトのベッタベタだ。もし川があれば、頭や体や着ているものが洗えるのは確かだ。幸《さいわ》い、シェルターには着替え用のトランクスとTシャツが段ボール箱にひと箱分あったからまだ数日分の替えがあるが、この不快感はいかんともしがたいのだ。

さらに、川を見つけられれば当然水も手に入るし、下っていけば人に会えるかもしれない。ここが異世界だったとしても、友好的な人に会えるかどうかなんて分からない。が、どのみちこんな所で一人で生きていくなんてできないだろう。

「そうだ！　ここがもし異世界なら……」

ここまで考えて、俺はある可能性に思い至った。それは異世界の定番、魔法だ。とりとめもなくこんなことを考えてしまう俺の頭は、もしかしないでも中二病に侵されているのだろう。

しかし、ここがもし異世界ならば、魔法が使えても不思議ではない。体や運動能力も強化されている可能性がある。こんな状況に置かれて、発想が飛躍しすぎていないか？　なんてことは考えるだけ無駄、中二病上等だ。なにごとも前向きに考えるポジティブシンキングこそが俺の信条なのだから。そうとなれば話は早い。

「早速実験だ」

異世界ファンタジーの定番、魔法が使える可能性に思い至った、いや、思いたかった俺は、はやる気持ちを抑えてシェルターの外に出た。

魔法世界は、健全な男子学生なら誰もが憧れる定番設定だろう。断じて異論はみとめない。今、とんでもない事態に巻き込まれていることは百も承知だが、魔法が使えるのなら何とでもなりそうな気がする。そう思った俺は、転がっている岩石めがけて試してみることにした。いや、試さずにはいられなかった。

右手人差し指を岩に向かって突き出し、適当な火の呪文を唱える。岩を標的にしたのは、火事にでもなってしまったら大変だ、という心優しい自然への配慮だ。決して、俺が小心者だからというわけではない。

そして魔法といえばイメージが大事だ。座右の書としている小説にもそう書いてあった。俺がイメージしたのは、その中でも初歩的な魔法。バスケットボール大の火の玉だ。

「顕現せよ。ファイアボール！」

「…………」

しかし辺りには、ただ静寂だけが支配していた。岩に向けて指を突き出し、変なポーズで固まっている俺だけがいた。この光景を知り合いにでも見られたら、いや、知り合いでなくても恥ずかしくて身じろぎすることだろう。

しかし、幸いなことにここには俺だけしかいない。魔法は不発に終わった。不発には終わったが、後ろ向きなネガティブ思考には決して陥らない。もう一つの可能性がまだ俺には残っているのだから。

「ならば」

そう考えた俺は、勢いよく助走をつけ、思い切り飛び上がって岩に蹴りを敢行することにした。半分ヤケであることは否定しない。大事なのは蹴り足を鉄のように強化するイメージだ。そして、その鋼鉄の足で眼前にせまった岩を気合いとともに蹴り砕く。

「チェエエストォォ！」

「………………」

岩の前にうずくまった俺は、右足首を押さえて苦悶の表情をうかべていた。

「――痛ッ」

考えが甘い、甘すぎた。いや、当然の結果だろうと心の中でひとりツッコミしてみたが、けっきょく俺は、受け入れ難い状況に陥って、性急な行動しかとれなかっただけだった。もちろん結果は、魔法も身体強化もかんばしい成果が得られなかった。ただ、言いようのない恥ずかしさと、痛みだけが心と右足首に残っていた。

「発動の仕方が悪いのか？　それとも体がこの世界になじんでいないとか……」

などなど、未練がましい理由は考えつくが、さすがにそこまで甘い希望的観測は持たない方がいいだろう。

「この世界で生き抜くためにも、もっと現実的に考えなくちゃダメだ。この程度の失敗で俺はあきらめない！」

シェルターの中に戻った俺は、あれは若気の至りだったのだと甘い考えは切り捨て、現実に目を向けなおすことにした。まだ少しだけ魔法に心残りはあるが、いや、かなりあることは否定しないが、今は目の前の現実に向き合おう。

そうとなれば第一優先は食料と水の確保。そのためには森の中を探索して水場を探さなくてはならない。次に、外敵から身を守ること。寝床を確保すること。残りの食糧を考えると、あまり悠長に考える余裕はない。遅くとも明日の朝にはシェルターを出よう。そう考えた俺は、シェルターにある利用できそうなもの、すなわち持ち出す物を選定することにした。

「たしか、防災セットがあったはずだよな……あったあった。これだ」

シェルターに常備されていた防災セットの中身を取り出し、その他生活用品とあわせて床に広げた。

持って行ける物は、勉強用具を持ち込んだリュックに入る量でなくてはならない。ならばと、熟考の末選んだ物は、新品のトランクスとTシャツを各三枚、飲み水が入った五百ミリリットルのペットボトル四本、十徳ナイフ、小さな懐中電灯、ライター、ハサミ、ソーイングセット、十メートルほどのロープ、残った乾パンと飴玉だった。武器になりそうなものが何もないのが心もとないが、そんなことを理由にじっとしているわけにはいかない。

「よしっ、これでいいだろう。あとは……」

持ち出す物をリュックに詰めた。そして、寝袋をハサミで分解し、ソーイングセットを使って即席の防寒着も作った。防寒着は不格好だが、もし、森の中で夜を明かさなければならなくなったときのことを考えると、ぜひとも欲しかった。さらに、Tシャツとデニムのズボンだけの薄着では、木の枝とかで怪我をしそうだとも考えた。どのみち寝袋はかさばるので持っていけないから、防寒着の材料にしたのだ。ラジオも持っていこうかと考えたが、水を優先することにした。

夜中までかかってシェルターを出る準備を終えた俺は、無残な姿になった寝袋の残りかすをかき集め、その上で一夜を明かした。そして翌朝、俺は意を決して森の中へと足を踏み出した。

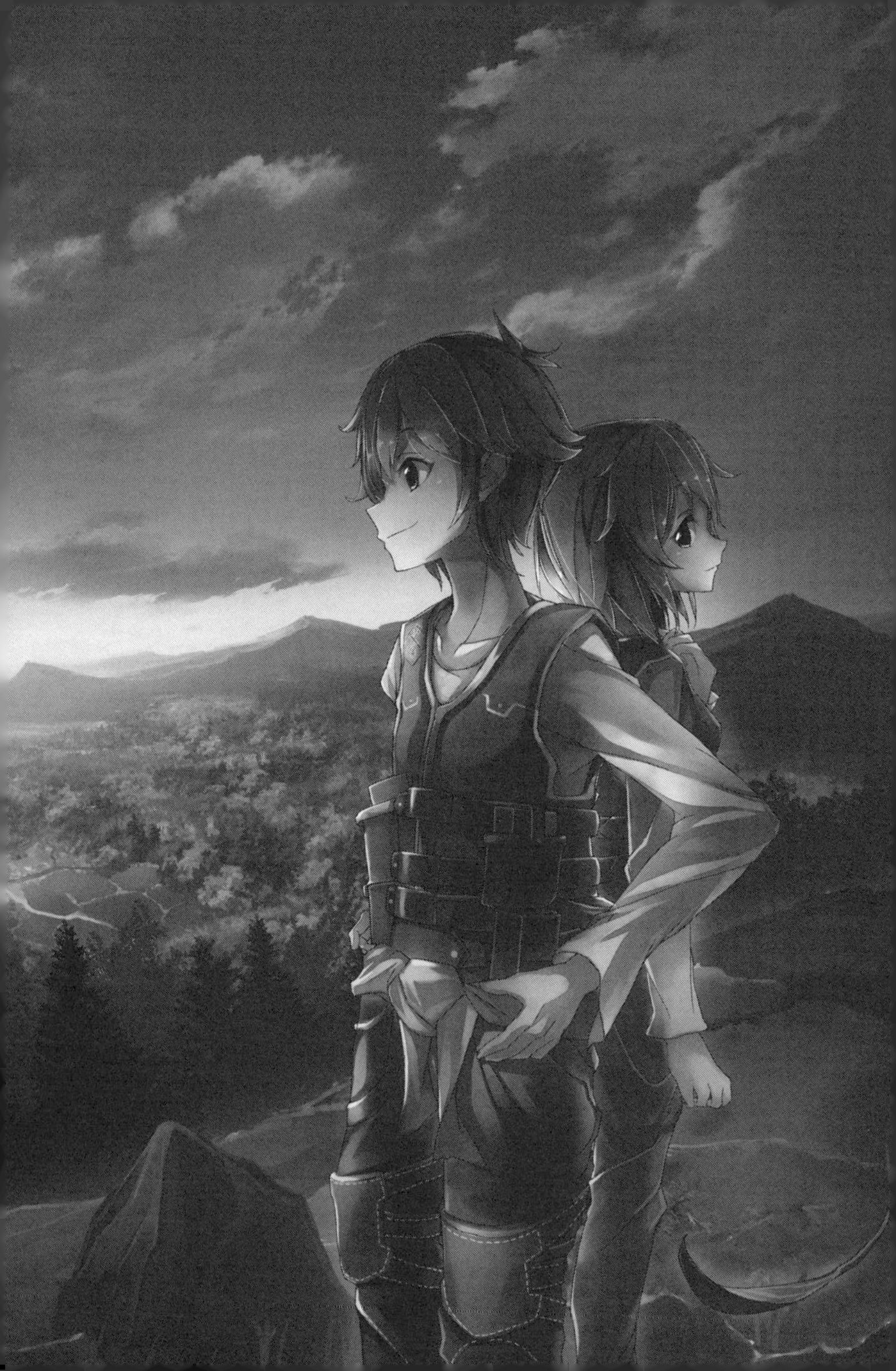

異世界だと思ったら崩壊した未来だった
神話の時代から来た発掘師

◇◇◇◇

空がシェルターの中で大きな揺れに襲われ、外の異変に衝撃を受けていたころ、富士大公国と呼ばれる新興国の宮殿最奥で、国を治める大公とその家族が無事を確かめあっていた。

「お父様、お母様！」

「おお、無事だったか」

「怪我は無いようですね。よかった」

「太陽たちは？」

「無事です。もう寝ましたよ」

「良かった……」

見目麗しい二十歳前の姫君が、大公夫妻である両親の寝所に駆け込んだ一幕である。

しかし、会話からは親子と思われる姫君と大公夫妻の関係には、一目疑問を抱かざるを得なかった。それは、姫君にお父様お母様と呼ばれた二人の見た目だった。父親と思われる大公は未だ三十路に突入しているとは思えない容貌であり、その夫人に至ってはまだ二十代半ばかと思われる若さだった。どう見ても二十歳前の娘がいるようには見えない。

「希美ちゃん、一花、お前たちはもう休みなさい。これから私は家臣たちに指示を出さなければならない」

「いいえ、私も部下に指示を出す必要がありますから」

◇◇◇◇

俺が森をさまよいはじめて、すでに丸四日が経過していた。景色は四日前から何も変わっておらず、コケむした巨木の幹と張り巡らされた大きな根で、獣道らしきものさえ確認できない。頭上高くには鬱蒼《うっそう》と木の葉が覆い、陽の光を見ることもいまだかなわない。

シェルターに引き返すか返さないか、判断の分岐点は三日目の朝だった。森の中を歩きはじめて丸二日が経過した三日目の早朝、俺は引き返さないことを決断していた。限界まで切り詰めてきた食料の残りは二日分。このままシェルターに戻れたとしても、そこで食料が尽き、生きていく手立てが無くなってしまう。

「もう、進むしかないよな」

残りの二日で食料を確保することに賭けた俺は、森の中をさまよい続けた。しかし、五日目になっても一向に景色は変化を見せず、危機的状況に俺は立たされている。

四日間と少しの間《あいだ》、森の中を歩き続け、何も収穫が無かったわけではない。

「朽ちた動物の骨とか、虫の死骸とかは何度か見かけたんだよな。この森に虫とか動物が生息していることは間違いないはずだ」

しかも、ある程度の大きさの動物がこの森には生息している。

ならば、近くに水場があるはずだ。水場があれば食料や飲み水が確保できる可能性が高い。その可能性を糧に、俺は歩き続けた。しかし、すでに食料は尽き、水ももうない。疲労で思うように足が進まなくなってきている。

けれども、歩みを止めることはできない。何としても水場を見つけなければ。その思いで俺は歩き続けている。そして、歩き続ける間、とある疑問を俺は抱いていた。

それは、生きている虫や動物をいまだに見ていないということだった。鳴き声さえも聞いていない。動物の骨や虫の死骸は何度も見かけているにもかかわらずだ。

「どう考えてもおかしいよな、おかしすぎるだろ」

そして、さらにもう一つの疑問が生じていた。顔や手足に負った擦り傷や切り傷が、一晩眠ると跡形もなく消えているのだ。これはこれで有り難《がた》いことなのだが、その理由が分からない。異世界に転移した恩恵だろうか……。

「いや、今はそんなことより先に進むことだけを考えよう」

俺は余計なことを考えることを止め、歩き続けた。

そして五日目が終わり、六日目の朝が来た。限界を超えた空腹にたたき起こされた俺は、木の幹や根に密集しているコケを集め、それを絞って水滴を口に含ませる。そしてそれを何度も繰り返した。腹を下すとか病気になるかも、なんてことは気にする余裕がない。

「何でもいいから腹にたまるものが食いたい……」

とにかく歩いて食べられるものか水場を探さなければ。その思いで俺は立ち上がり、再び歩きはじめた。幸いなことに、五日目の終わりころから森の中は巨木の密度が薄くなって、広葉樹が混ざりはじめている。いまだに生きている動物や虫は見かけないが、森の終わりが近いのかもしれない。

そう考えて俺は歩き続けた。

それでもその日は、水場も食べられそうなものも見つけることはできなかった。そして迎《むか》えた七日目。とうとう俺は歩くことすらできなくなってしまった。

「畜生！　なんでこんな目に遭わなきゃならないんだ……」

森の中で崩れ落ちるように倒れた俺は、空腹と喉の渇き、そして極限にまで達した疲労感で意識を手放した。

◇◇◇◇

「――ちゃん、お爺ちゃん。気がついたみたいだよ」

若い女の声だった。もうろうとした意識の上からでもはっきりと分かる、甲高くて心地よい声だ。

気がつけば、俺は薄暗い部屋の板張りの上に寝かされていた。そして、ゴロンと顔を横に向けると、一段下の土間には囲炉裏のように石に囲まれたところに鍋《なべ》がかけられ、なにやら食欲をそそる匂いが漂っている。ガラスも何もない木窓からは星空が覗き、首だけを回して反対側を見れば、少し離れたところから興味深げに俺を覗き込む少女と、板張りにあぐらをかいている老人が目に入った。

「……水、水を」

やっとの思いで声を絞り出した俺に、少しして少女が一杯の水を差し出してくれた。けれども、少女が差し出す茶碗に向けて伸ばした俺の右手は、届くことなくそのまま床に崩れ落ちた。もういちど腕を伸ばそうとするが力が入らない。

「飲ませてやりなさい」

「うん」

老人にうながされた少女は、恐る恐る俺の横に両膝を突いて座ると、俺の頭を左手で抱え上げ、水の入った厚手の茶碗を口に近づけてくれた。俺はされるがままにその水を飲み干していた。

「まだ飲まれますか？」

「おねがい……します」

もう一杯の水を飲ませてもらった俺は、少し時間を置いて鍋からすくったスープも飲ませてもらった。そのスープはみそ味で、豚汁《とんじる》のような味がしたが、あまりの空腹に胃が受け付けなかったのか、少ししか飲むことができなかった。

しばらくして、まだ横たわったままだったが、ようやく喉の渇きと極限の空腹から解放された俺に、老人が話しかけてきた。

「落ち着いたようじゃな。坊主、話すことはできるか？」

「……はい」

「いきなりじゃが、お前さん、どこから来なさった」

「……その前にすこし良いですか？」

「ああ、構わんよ」

「俺はどうしてここにいるんですか？　貴方が俺を運んでくれたのですか？」

「お前さんは森の中で行き倒れとった。それをワシが見つけてここまで運んだ……ということになるがのう。見たところ丸腰だったが、そんな軽装でなぜ森で行き倒れた？　そしてどこから来た？」

「まずはお礼を言わせてください。助けてくださってありがとうございます。そして、俺がどこから来たかというのは少し答えにくいんですが、俺が倒れていた森のずっと奥の方、コケが生えた大きな木が密集している森です」

「なんとまぁ、あの原始の森から来なさったか。しかし、あそこに人は住めんよ」

……あれ？　なんで日本語が通じるんだ？

老人と少女が話した言葉も日本語だった。口の動きも発音と同調している。ということは、もしかしてココ、日本なのか？

しかし、老人と少女の恰好はどう見ても現代の日本人ではなかった。二人の見た目はどう見ても日本人なのだが……。俺は異世界転移に巻き込まれたのではなくて、過去にタイムスリップでもしたのだろうか？

「……つかぬ事を伺いますが、ここは日本ですよね？」

「お前さんは何を言っとる？　たしかにここは日本と呼ばれとったらしいが」

「らしい？」

「ここが日本と呼ばれとったのは遥か昔の神話の時代じゃ。ここは富士の国。大公様が治める富士大公国の山奥じゃよ」

「………………」

ここまで老人の話を聞いて、俺はとある可能性に思いあたった。それは、陽一さんが話していたシェルターの仕様だ。俺が入っていたシェルターは脱出が不可能になった場合、時間を停止して救助を待つ仕様になっていると陽一さんは言っていた。時間を止める技術が開発されたなんて聞いたこともなかったので、てっきり冗談だと思っていたが……。もし本当だとすれば、ここは俺が暮らしていた日本の遥か未来なのだろうか。

しかし、二人の恰好はどう見ても昭和の前半か、それ以前だ……。服の見た目に違和感はあるが。

「ふむ……お前さんはどのあたりに住んどったんじゃ？」

「……豊田ですが」

「豊田か、あそこは確か鉱山だったはずじゃが……。お前さんが抗夫だとは考えにくいのう。その綺麗な手はツルハシはおろかクワも持ったことが無かろう」

豊田が鉱山？　ありえない。豊田は自動車の街だぞ。しかし、老人が言うようにココが日本の遥か未来だとしたら……。

分からないことだらけで考えることを放棄してしまいたくなるが、聞けることは聞いておきたい。そう考えた俺は、老人にこの時代のことを聞いていった。

老人の名前は鴻ノ江《こうのえ》ヒカルといって、猟師らしい。イメージと名前がまったく合っていないが、若いころは女と間違えられるほどの美少年だったというのが、彼の言い分だ。少女は鴻ノ江遥《はるか》といって、健康的で活発そうな顔立ちをした栗色の髪の美少女だった。

「――ところで、どうして俺は獣を見かけなかったんでしょうか？」

「まぁ待て、お前さんの話をもし信じるなら、神話の時代から迷い込んだことくらいしか考えられんかのう……」

　そう言ってヒカル爺は俺の問いかけには答えずに考え込んでしまった。

　まあ、俺の話が荒唐無稽に聞こえるのは当然だろう。俺でもこんな話を聞かされれば簡単には信じられないと思う。でも、信じてもらえた方がいいに決まっている。ならどうすればいいか？

「俺の話を今すぐ信じてほしいとは言いません。ですが、俺もこんな目に遭《あ》ってどうしていいかよく分からないんです。だから話だけでも聞いてください」

「分かった。話してみぃ」

「俺が生まれたところは――」

　俺はできるだけ分かりやすくかみ砕いて、二十一世紀の日本を説明していった。

「――ということなんです」

「シェルターのう……まぁ、神話の時代にならそんな代物があってもおかしくはないのかもしれんが」

「今は信じてくれなくても構いません。どのみち、今の俺には何もできませんから」

「まぁ、お前さんの話しぶりからすると、あながち嘘とも言い切れんしの。ところで、さっき何か聞きかけておったろう」

「はい。どうして俺は森の中で獣を見かけなかったんでしょうか？」

「お前さんが神話の時代から迷い込んだ話が本当なら分からんかもしれんが、お前さんが今も垂れ流しとる〝気〟が原因じゃろうな」

「キ？」

ヒカル爺曰く、〝気〟とは生きとし生けるもの全てが持っているモノらしい。人間の場合、普段は抑え込んでいて表にはそう多く流れ出てくることはないが、コントロールの効かない赤子は、今の俺のように〝気〟を垂れ流しているそうだ。

俺の場合、その垂れ流している〝気〟の量が桁違いに多いらしい。そして、獣や虫などは、俺の〝気〟を警戒して近づかなかったのだろうということだった。

「あ、あの、空さんはお幾《いく》つなんですか？」

ヒカル爺との話が一段落したとき、興味深そうに歳を聞いてきた遥さんに、俺はどう答えようか迷った。ここが遥か未来の日本だとすれば、本当の俺の年齢が分からないからだ。千年を超えているのだろうか？　もしかしたら一万年以上かもしれない。しかし、止まっていた時間はカウントしなくていいよなと、シェルターに入ったときの年齢を答えることにした。

「十八になります」

「……ずいぶん大人びてるんですね。てっきり四十歳くらいだと思ってました」

「…………？」

このとき俺は、嫌な汗が肌を伝わるのを感じていた。四十歳？　シェルターの中でそんなに老けてしまったのだろうか……。

「あの、鏡を貸してもらえませんか」

「鏡ですか？」

遥さんは不思議そうにそう言って奥に行き、小さな手鏡を俺に渡してくれた。まだ上手く腕を上げることはできなかったが、俺は震える手で手鏡を顔の前に持ち上げ、自分の顔を見た。そして、そこにはげっそりと頬がコケてはいるが、今までと変わらない若さの俺の顔が映っていた。そうなると、遥さんはどうして俺を四十歳だと思ったのだろう？

「あの、俺ってそんなに老けて見えますか？」

「えっ？　全然老けては見えませんよ」

何かが間違っている気がする。会話が行き違いになっている。十八と言った俺が遥さんには四十に見えて、それでも老けていないという。そして、大人びているという言い方は、まだ下の毛も生えそろっていない少年少女に使われる言葉じゃないだろうか。だとすれば……。

「あの、気を悪くしたらゴメン。遥さんはお幾つなんですか？」

「わたしはぴっちぴちの三十二歳ですよ」

三十二歳が〝ぴっちぴち〟だそうな。聞かなくなって久しい表現だが、時代が違えばおかしくはないのだろう。それはいいとして、遥さんの外見はどう見ても十六、七だ。それが三十二でぴっちぴちなのだから、間違っているのは俺の常識の方だろう。そしてその考えが正しいなら……。

「あの、すみません。ヒカルさんはお幾つなんでしょうか」

「ん？　ワシの齢か？　たしか……今年で二百六十じゃったかのう」

二百六十歳！　これで謎が解けた。この時代の人の寿命は、俺より何倍も長いのだ。そうとしか考えられない。

そして、これだけの状況を突きつけられた俺は、ここが少なくとも二十一世紀の日本ではないことを受け入れることができた。おそらく、というか間違いなくここは遥か未来の日本なのだろう。そうとなれば、一番気になるのはヒカル爺が言った〝気〟の存在だ。どこぞの格闘漫画のように気功波だとか、空を飛んだりとかできるのだろうか？　あるいは、西洋ファンタジーのような魔法が使えるのだろうか？　ヒカル爺曰く、俺が無意識に垂れ流している〝気〟の量は、桁違いに多いらしいから、どこぞの転生チートみたいな無双ができるのかもしれない。

などなど、妄想を膨らました俺だったが、上体を起こすことすらできないほどに体力を失っている今、会話さえ辛くなってきた。

「――これくらいにしておこうかのぅ。今日は泊まっていくがええじゃろ。寝具はコレしかないがのぅ」

「ありがとう、ございます」

ヒカル爺たちからすれば、いくら弱っているからとはいえ、素性の知れない俺のような男を、無条件で泊めてくれるのはありがたかった。今まで寝かされていた場所に柔らかい毛皮の寝床を用意してもらい、その上で俺は眠りについたのだった。

◇◇◇◇

猟師をやっているというヒカル爺に、行き倒れていたところを助けられて三日目、ようやく俺は歩けるまでに体力を回復していた。結局、ろくに歩くこともできなかった俺を気遣ってだろうが、ありがたいことにヒカル爺は、元気になるまでこの山小屋に居てもいいと言ってくれた。

俺はてっきり、ここがヒカル爺と遥さんの家だと思い込んでいた。しかしここは、春から秋にかけて狩りをするために利用する山小屋だった。俺は居間で寝起きをしているが、この山小屋には、ヒカル爺と遥さんの寝室はあるし、風呂場もあるから勘違いしていたのだ。


そして、助けられて二週間が過ぎた今でも、俺はヒカル爺の山小屋に厄介になっている。歩く体力を取り戻した三日目以降、この山小屋で遥さんの手伝いをしながら共に生活をしていたわけなのだが。その間、この時代の常識を俺があまりにも知らな過ぎたこと。そして、日増しに強く、そして多くなっていく俺の体から溢《あふ》れ出す〝気〟を感じたヒカル爺が、このまま街に出ていくのは問題があると言って、山小屋に留まるようにと気遣ってくれた。涙が出るほど俺は感謝している。

そんなこともあって、俺はこの二週間で完全に元の体力を取り戻し、それ〝以上〟に元気になっていた。大怪我《けが》をしたわけではないので、二週間もあれば元気になるのは当然の結果だろうが、ここまで元気になったのは、今も俺の体の中に渦巻いている〝気〟のおかげだろう。もちろん、ヒカル爺や遥さんが助けてくれなければ、俺がのたれ死んでいたことは確実だったはずだ。

そして最近では、ヒカル爺とも遥さんとも気軽に与太話ができるほどには打ち解けていた。今では二人をヒカル爺、遥と俺は呼んでいるし、ヒカル爺も遥も、俺のことを小僧とかお前さんとか空と呼び捨てにしている。

「だいぶ上手くなってきたね。空」

「うん、遥のおかげだよ」

「でも、まだまだかなり漏れてるから頑張らないとね」

「仰せのままに、遥大先生。でも、漏れてるってなんかエロい」

「もうっ、からかわないでっ、空のスケベッ！」


俺は今、山小屋の裏手で遥に〝気〟の扱いの手ほどきを受けていた。

〝気〟については、ヒカル爺にその概略を教えてもらっていた。それは大気中や地中、生物に満ちている存在であり、有機物には〝気〟を溜《た》め込む性質があるらしい。無機物、例えばガラスとか金属は〝気〟をためることができないが、金属には〝気〟をよく通す性質があるのだとか。

さらに、〝気〟と対極の関係にある〝妖気〟なるものが存在していて、〝妖気〟にも〝気〟と似た性質があるが、〝気〟が守る力であるのに対して、〝妖気〟は破壊する力らしい。けれども、〝気〟を使って物を壊すこともできるので、俺にはその違いが良く分からなかった。が、ヒカル爺曰く、〝気〟は善であり、〝妖気〟は悪だと覚えておけばいいそうだ。


「それにしてもつくづく思うわ。空のそのバカげた〝気〟の量は何なの？」

「そんなに多い？」

「多いってもんじゃないわよ。わたしの十倍以上、量も強さもね。わたしもお爺さんも多い方なんだから」

「うーん、そう言われても俺には実感が無いから分からないよ。遥もヒカル爺も全然体の外に〝気〟を出してないから」

「わたしたちも少しは出てるんだよ。早く、それが感じられるようにならないとね」

ようやく自分の〝気〟を感じ取れるようになった俺には、僅かしか漏れ出ていないという遥のそれを感じ取るなどできようはずがなかった。けれども、自分の〝気〟を感じ取れるようになっただけでも、今の俺には嬉しいことだった。

そして今、俺は〝気〟を使って薪を割る特訓をしている。太さ十五センチほどの乾燥した薪を両手で持ち上げ、手のひらから〝気〟を流し込んで二つに引き裂く。〝気〟の扱いに慣れた遥は、指で薪に触れた瞬間に、綺麗に四等分してしまうほどだから、俺との差は歴然だ。

「よしっ、割れたぞ！」

「ようやく思い通りに割れるようになったね」

遥が言うとおり俺もようやく、二等分にだが薪を割ることができるようになった。

「でも、遥に比べるとまだまだだよな」

「卑屈にならない。着実に進歩してるんだから」

「ありがとう。そう言ってくれると嬉しいよ」

どうして〝気〟を使って薪を割っているのかと言えば、働かざるもの食うべからずということで、訓練と遥の手伝いを両立しているのだ。

しかし、両立しているとはいっても、遥がやれば五分で終わる仕事を、二時間以上かけてやっているのだから、両立とは言えないかもしれない。しかも、遥は俺の訓練に付き合ってくれているわけで、はっきり言って仕事の邪魔をしていると言った方がいいだろう。

そんなこんなで、手伝っているのか邪魔をしているのか分からないような状態が、さらに十日ほど過ぎたころ、ようやく俺の体から漏れ出ていた〃気〃の量が、遥曰く人としてはおかしくない程度には減ってきたらしい。しかも、〃気〃を使ってできるようになったことは、薪を割る程度の事だけではなかった。

信じられないくらい高くジャンプできるようになったし、足も速くなった。グーパンチで岩が砕けるし、それをやっても痛いとは感じない。さらに、水汲みやら石運びやら薪となる木の伐採《ばっさい》や切断など、雑用をこなしていくうちになんとなくコツを覚え、今では手を触れることなく物を動かしたりもできるようになったのだ。

もはや、完全にアニメや漫画や小説の世界だ。実に喜ばしいではないか。はじめて小さな石ころが動いたときとか、それはもう嬉しくなって遥に抱きついてしまい、頬にもみじを作ったのは今となってはいい思い出だ。

「だいぶ扱えるようになってきたようじゃの」

「おかげさまで……うっ、うぇっぷ」

「ほほほっ、誰でも最初はそんなもんじゃ。早う慣れんさい」

山小屋の裏にある井戸のそばで、狩りから帰ってきたヒカル爺に獣の捌《さば》き方を習いながら、俺は特有の臭いや吐き気と戦っていた。

今日ヒカル爺がしとめてきた獣は、体長三メートルはあろうかという大鹿だった。重さにして一トン近くありそうなその大鹿を、ヒカル爺はこともなげに肩に担いできたのだ。これも〝気〟のなせる技であり、行き倒れた俺を担ぐことくらい、彼にはどれほどのことでもなかったのだろう。

「ふぅ、それにしてもスゴイっすね。こんな大きな鹿が狩れるなんて。俺もだいぶ〝気〟が扱えるようになってきたから、そろそろ狩りに連れて行ってくださいよ」

「ほーほほほっ、まだまだじゃよ。今の小僧では連れて行けんわ。狩りのときは完全に〝気〟と気配を消さねばならんからのう」

「まだまだですか……」

「そう、まだまだだよ。でも、今の空だったら魚釣りくらいはできるんじゃない？」

いつのまにか俺たちの様子を見に来ていた遥の提案に、ヒカル爺が考え込むそぶりを見せた。

「ふむ、釣りか……いいかもしれんのぅ」

ヒカル爺に〝気〟の扱いがまだまだと言われ、落ち込みかけていた俺に、遥が救いの手を差し伸べてくれた。しかもそれが魚釣りと聞いて、俺のテンションはすでにＭＡＸだ。

もともと俺はアウトドア生活に憧れがあったのだが、それは憧れがあっただけであって、実際にキャンプや山菜採りなどをした経験は少ない。鉱物採取によく山に入っていたが、それも日帰りだった。

そんな俺だが、中学生のころまでは親父に連れられて釣りにはよく行ったものだ。高校生になって釣りに行くことは無くなってしまったが、嫌いになったわけではない。親父が仕事で忙しくなり、俺の方もなんやかやで行けてはいなかっただけなのだ。モバイル端末と戯れることができない今では、釣りは格好のレクリエーションだ。

「釣りっ！　行きましょう。すぐ行きましょう」

「まぁまぁ、そう慌てなさんな。今日はもう遅い。それに、捌いた獲物を処理せにゃならん。小僧はその肉を持ってワシについて来い。遥は夕飯の支度を頼む」

やっとのことで捌き終えた鹿肉と毛皮を二人で背負い、保存用の小屋に運び込んだ。保存用とはいっても、保冷設備などという科学的なものは存在しておらず、ただ風通しが良くて陽が当たらないというだけの小屋だった。季節は夏真っ盛りの今、そんなところに生肉を保存しておけるのだろうか？

「この蒸し暑い夏にこんなところで保存できるんすか？　腐るんじゃ」

「ほーっほっほ、肉が内包している〝気〟のおかげでな、腐らずに熟成するんじゃ」

なんとも信じがたいことだが、〝気〟というファンタジー要素があるのなら、それも納得するしかないのだろう。

さておき、俺とヒカル爺は、さっさと処理を済ませて井戸へと向かい、軽く水浴びをして汚れと臭いを落とした。風呂場は別にあるが、さすがに風呂場で血で汚れた体を洗うことはできない。ヒカル爺は決して筋肉ムキムキの肉ダルマではないが、老人とは思えないほどに引き締まった体つきをしていたのが印象的だった。

「ふぅ、冷たいけどサッパリしたぁ」

体を拭いてサッパリした俺たちは、居間で体を休めて夕食ができ上がるのを待った。今日は久々に大きな獲物がとれたのでご馳走だ。この山小屋に来てすでに一か月ほどたつが、ヒカル爺が大きな獲物を狩ってきたのは今日で二回目だった。前回も大鹿だったが、そのときに食べさせてもらった料理がことのほか美味かった。俺は料理ができ上がるのを今か今かと心待ちにしているところだ。

さほど待つことなく、土間の囲炉裏でグツグツと湯気を上げる鍋から、食欲をそそる匂いが漂ってきた。

「のう、空よ。遥とはもう、やることやったんか？」

「んブッ！」

いきなり耳元でそんなことをささやかれた俺は、吹き出しそうになるのを必死にこらえて顔を上気させた。

「そっ、そんなことあるわけないじゃないですか！」

「ちっ、ツマらんのう。ワシが言うのもなんじゃが、アレは良い女じゃよ」

「遥にその気があるかも分からないのに」

「何を悠長なこと言っとるか、こんの臆病モンがぁ。遥はお前さんを悪うは思うておらんよ。見て分からんか？　一気に押し倒すくらいでちょうどいいんじゃよ」

小学校低学年のとき以来、女子と手すらつないだことがない純情な俺に、遥を押し倒してモノにするなんてできるわけがない。確かに遥は美人だし可愛いし、エロい体つきだし、押し倒してあんなことやこんなことをしてみたい欲求はある。しかし、俺にそんなことをする度胸はない。

「ごはん炊けたよー」

ホカホカに炊き上がって湯気を上げているご飯が入った木桶《おけ》を抱え、土間の炊事場から出てきた遥が俺たち二人に問いかけてきた。

「何ヒソヒソ話してたの？」

キョトンと小首をかしげた遥は、確かに可愛かった。ヒカル爺から余計なことを言われて、変に彼女を意識していただけに、その可愛らしさに俺は顔が熱くなるのを感じていた。

「なっ、何でもない。何でもない。それより、早く夕飯にしよう。夕飯。美味そうな匂いがしてもう我慢できない」

「怪しいわねぇ。ねえ、おじいちゃんと何を話してたの？」

「な、何も怪しい話なんかしてないとも。全然アヤシクナイヨ。ゼンゼン」

「まぁいいわ」

ジト目で睨まれはしたが、夕飯にかこつけ、なんとか誤魔化した俺は、いや、誤魔化しきれなかったのかもしれないが、ようやく大鹿のモツ煮込み鍋にありつけたのだった。


翌日、俺はヒカル爺と二人で、山中の湖に早朝から足を運んでいた。到着した湖は周囲を濃緑の山に囲まれていて、対岸が微かにしか見えない大きさだった。青く透き通った水中には、沈んだ木々や湖底の岩石が見えていて、その水深は深かった。大型の魚も泳いでおり、否《いや》が応でも気分は盛り上がってくる。釣果を期待せずにはいられない。そんな俺に、ヒカル爺が耳元でボソッとつぶやいた。

「いいか空、お前さんの目標は一匹でもいいから魚を釣り上げることじゃ。まぁ、釣れんでも飯は食わしてやるから安心せい」

釣りには自信があった俺は、ヒカル爺の言った目標がスゴク簡単なことにこのときは思えた。

「そんな簡単なことが目標？」

「簡単なことかどうかはのぅ、やってみてからのお楽しみじゃて」

四メートルほどの細い竹竿に、絹糸をより合わせた糸。そして竿より一メートルほど長い糸の先には、赤銅色の返しの無い釣り針が結んである。餌はその辺を掘って捕まえたミミズだ。人がほとんど入らないこんな山奥で、スレてはいないだろう魚が釣れないわけがない。そう思っていた。事実、ヒカル爺は第一投目で四十センチほどのマスを釣り上げている。

「ホレ、お前さんも早うやらんか」

急かされた俺は、釣り針にミミズをつけ、ヒカル爺から二十メートルほど離れたポイントに釣り糸を垂らした。そして。

「来た！」

僅か十数秒で来たアタリに、俺は手首のスナップを利かせて合わせを行う。そして、グイと竿が引き絞られたと思った瞬間。

「アレ？」

勢いよく引き上げられた竿からは、あっけなく手ごたえが無くなり、俺は地べたに尻餅をついていた。もちろん魚は釣れておらず、釣り針にエサは残っていない。そして、釣り針がまっすぐに伸びきってしまっていたのだ。

手応え的には釣り針が伸びきるような引きではなかった。手のひらサイズの小魚が釣れたときと変わらないような引きを、感じた瞬間には魚がバレていた。尻餅をついてしまったのも、虚を突かれたような空振り感が強い。

「ヒカル爺！　この釣り針不良品だぞ」

ちょうど二匹目を釣り上げていたヒカル爺が、魚を湖につけた網袋に入れてから、よく見てみろと言わんばかりに、仕掛けを見せてくる。その仕掛けは、俺が使っているものとまったく同じものだった。ためしにと、餌のついていない釣り針を指で摘まんで伸ばしてみると、簡単にまっすぐに伸びてしまったのだから。

「コレッ！　人の仕掛けを勝手にいじるんじゃない」

「なんでこれで釣り上げられるんだ？　こんなに大きい魚を……」

見えはしないが、頭の上にたくさんの疑問符を浮かべている俺に、ヒカル爺が理由を説明してくれた。この人が『技は目で盗め』とか、ヒントも無しに『自分で考えろ』とか言う人種じゃなくて本当に助かったと、このとき俺は思った。

ヒカル爺曰く、釣り針には竿と糸を通じて〝気〟を送り込んでいるそうだ。竹製の竿と絹糸は、繊維が長手方向に揃っており、しかも有機物であるために〝気〟を通しやすく、溜めることができる。したがって竿は折れにくくなり、糸は切れにくくなる。

また、釣り針は細い銅の針金の先をとがらせたものであり、竿と糸を通して送り込んだ〝気〟で硬化させているそうだ。ただし、釣り針は金属なので、何もしなければ〝気〟を保持することができず、常に釣り針の形を保つようにコントロールする必要があるということだった。

「だから、釣りがいい訓練になると」

「そういうことじゃよ」

ヒカル爺が俺を釣りに誘った意味は分かった。当然ではあるが、魚を釣り上げれば食料になる。しかし釣り上げるためには、簡単に曲がる柔らかくて細い針に〝気〟を通し、釣り針の形状を維持する必要があるのだ。そうとう繊細な〝気〟のコントロールができなければ、それは無理なことだろう。まさにこの仕掛けを使った釣りは、〝気〟の訓練と実益を兼ねていたのだ。

ヤキのはいった鋼製の釣り針がこの時代にないとは考えにくいが、おそらく俺の〝気〟の訓練のためにヒカル爺がこの柔らかい釣り針を用意してくれたのだろう。

しかし、理屈が分かれば俄然やる気が出てくる。余裕しゃくしゃくで魚を釣り上げたヒカル爺の鼻も、あかしてやりたい。

「さっそく俺も一匹釣り上げてやる」

と、言うは易いが。そう簡単にはいかないのが素人の現実だろう。俺はまだ〝気〟を抑えることがようやくできるようになったばかり。長い釣竿と、そこから延びる糸の先にある小さな釣り針に、感覚を通わせるのがやっとだ。水の中に隠れて見えない釣り針を意識し、その形状を保つことなど、簡単にできることではない。

そしてそれ以前に、もっと根本的な問題に俺は直面していた。

「アタリがこねぇ」

少し離れた所で釣り糸を垂れているヒカル爺は、入れ食いとまではいかないが、順調に釣果を重ねている。多少釣りの経験がある俺には、今釣り糸を垂れているポイントが、ヒカル爺のそれよりいい場所であることが分かっていた。にもかかわらず、俺の竿にはまったくアタリが来ない。

「タナ《深さ》は間違ってないはずなんだけどなぁ……」

こう言っちゃなんだが、俺はタナを間違えるような素人じゃぁない。しかも、魚影は見えるし定期的にエサは変えているにもかかわらず、魚は俺の活きの良いミミズには見向きもしなかった。見える魚は釣れないという人も確かにいる。が、釣り人などヒカル爺くらいしかいないだろうこの湖で、まったくスレていないはずの魚が、活きの良いミミズに食いつかないことなど、あり得ないのだ。


まったくアタリが来ないまま時は流れ、陽はすでに昇りきった。容赦なく照りつける真夏の太陽。ジリジリと、射抜くように肌を刺す日差しが痛い。その痛みが、物事を甘く見ていた俺への戒めのように感じられた。だがしかし……。

「なんでだ?」

それが、夏の日差しの戒めを押しのけ、このときの俺を支配しつつあった感情だった。うだうだ考えても埒が明かない。もう考えるのはやめだ。十分《じゅうぶん》考えたじゃないか。

「ヒカル爺、全然アタリがこないんだけど」

「分からんか……そうじゃのぅ。お前さんが森を彷徨っとったときのことを思い出してみぃ」

森を彷徨っていたとき？　あの深い原始の森で俺は何をしていた？　足を取られては滑り落ち、水と食料を求めてただひたすら前進していただけじゃなかったか？　まてよ、生きた動物を見かけなかったぞ、虫すらも。

「……そうか！　〝気〟だ」

「ようやっと気づきおったか」

それは一筋の光明だった。いや、一筋どころではない。闇を照らす眩しい光だった。さすがはヒカル爺、ヒントの出し方がうまい。年季が違う。

森の中では、植物以外の生きものに出会わなかったじゃないか。その理由は、無意識に俺が垂れ流していた〝気〟が原因だとヒカル爺は言っていた。そして、釣り針は金属だ。金属に〝気〟をとどめておくことはできない。

そう、釣り針から漏れ出た僅かな〝気〟を警戒し、魚が寄りつかなかったのだ。小さな釣り針の形状を維持するだけの〝気〟しか俺は送り込んでいない。だから魚が散ってしまうことは無いが、俺のエサには警戒して近づいてこない。その状況が見えているだけに迷いは無かった。対策は簡単だ。魚が食いついた瞬間に釣り針に〝気〟を送り込んで、形状を保てばいい。それでいける！

「やり方は分かったぞ。見ていてくれヒカル爺。大物を釣り上げてやる」

「期待せずに待つとしようかのぉ」

一筋の光明から見えた解決策。さっそく試したその策やいかに。

などなど古めかしい言葉で意気込んでさっそく試してみたが、やっぱり世の中甘くはなかった。

たしかにアタリは来るようになった。が、〝気〟を送るのが早すぎれば、せっかく咥えたエサを吐き出してしまうし、遅ければ針が伸びて逃げられてしまう。

「ぐをっ、やっちまった」

ようやく合わせと〝気〟を送りこむタイミングが合ったと思ったら、送り込む量が多すぎて魚がそれに耐えきれずに爆散してしまったのだ。俺の胃袋に収まることなく命を散らしてしまった魚には申し訳ないが、そうなると近くにいた他の魚まで逃げてしまい、ポイントを移動しなければならなくなるではないか。

「だがしかし！　このまま引き下がれるもんか、意地でも釣り上げてやる」

と、意地になっていたら、ヒカル爺が帰り支度をはじめてしまった。

「ワシはそろそろ帰るぞ。お前さんはまだやってくか？」

「当然！　意地でも一匹釣り上げてやる」

「暗くなる前には帰ってこいよ」

「了解っす！」

俺は親指を突き上げてその意気を示したのだった。

◇◇◇◇

小屋の裏庭で毛皮の処理をしていた遥は、背にしょったカゴ一杯の釣果を持ち帰ったヒカル爺に気がついた。

「あれ、空と一緒じゃなかったの？」

「小僧は居残りじゃ、意地でも一匹釣り上げるそうな。暗くなるまでには帰るように言っといたが……ワシでもあの仕掛けで一匹目を釣り上げるのには苦労したくらいじゃ、あやつにはまだ無理じゃろうて」

「そうなんだ……」

「そんなに気になるかのぅ？」

「べ、別にアイツの事なんか」

仕事の手を止めた遥は、そう言って下を向いたが、その顔は少し紅潮していた。ヒカル爺はそんな遥を見てニヤリと口の端を上げる。

「まぁいいわい。じゃが、早いうちにツバつけとかんと、かっさらわれるぞぃ」

「ホント？」

振り向き、急に不安そうな顔をする遥。どうやら彼女は、空のことがまんざらでもないようだ。

「今はそんなに心配せんでもいいじゃろ。じゃがのぅ……あれほどの〝気〟を持つ男じゃ、素養もいい。街に出れば女が放っとかんじゃろうて」

「…………」

◇◇◇◇

ヒカル爺が帰った後も、ポイントを移動しつつ釣りを続けていた俺に、ついにチャンスが到来した。これまでの成果は、頭部だけが砕け散った三十五センチほどのマスが二匹。どちらも、湖面から引き上げたところで俺の〝気〟にやられ、頭部を散らした魚たちだ。引き上げた勢いで陸に上がったところを、今晩のおかずにはなるだろうと確保しておいた。

しかし今、俺の竿は山なりにしなり、強烈な引きが手元まで伝わってきている。陽が傾き、心地よくなった湖面の風が、何年ぶりかの手ごたえに熱くなった俺の頭をクールダウンさせようとしている。焦ってはいけない。これを逃せば今日はもうあきらめて帰るしかない。これが最後のチャンス。焦る気持ちを抑え、俺は釣り針に送り込む〝気〟の量を必死になってコントロールした。

かかった魚の大きさを物語るように釣り竿は大きくしなり、竿や糸の強度にまで気を配らなければならない。少しでも注意を怠れば、逃げられてしまうだろう。しかし、送り込む〝気〟の量が多すぎると魚がもたない。神経をすり減らすような緊張感の中、魚と格闘し続けた結果。

「おっしゃあぁぁぁぁ！」

五十センチはあろうかというマスが、虹色に輝く美麗な魚体をさらし、ペシャペシャと雑草の上でのたうっている。とうとう釣り上げた。これでヒカル爺と遥にバカにされずにすむ。というか、大きな顔ができる。俺は喜び勇んで山小屋へ急いだ。それはもう、まさに一日散だった。

「ヒカル爺ぃぃぃ！」

「なんじゃ、騒々しい」

「ジャーン！」

「ほう、釣り上げおったか」

勢いよく開けた引き戸に手をかけ、息を切らしながらも、どうだ！　と、言わんばかりに釣り上げたマスの尾を持ち、釣果を見せつけてやった。そして、それを見たヒカル爺の目が見開かれたのを、俺は見逃さなかった。どうやら、一匹も釣り上げられないと思っていたようだ。

「すごい！　すごいよ空」

そう言って褒めてくれた遥に、俺は得意満面の笑顔を返す。ようするにドヤ顔だ。

「お爺ちゃんが釣ってきた魚もたくさんあるけど、せっかくだから今日の晩御飯は空が釣ってきた魚で決まりね」

「ありがとう、遥。それと、コレも……」

俺は少し気恥ずかしそうに頭部が砕け散った魚を二匹、遥に差し出した。それを見た彼女が固まってしまった。ヒカル爺も驚いている。

「ねぇ、空。どうやったらこうなるの？」

「い、いや、釣り針に〝気〟を送りすぎたんだ」

「〝気〟の本質は命を守ることよ。〝気〟を送るだけで頭が吹き飛ぶなんて……わざとやったんじゃないでしょ？」

「もちろん、わざとじゃないんだけどさ……」

考え込むそぶりを見せていたヒカル爺も、得心がいかない様子だったが、無理やり納得したように語り出した。

「良薬口に苦しじゃないが、良薬も度を越して多すぎると毒になるということかのぅ」

「空のバカげた〝気〟の量と強さなら、こうなってもおかしくないのかな？　まぁいいわ、その魚も食べられないことはないし、今日はおさしみとお鍋にしましょう」

結局、こうだという結論が出ることはなく、うやむやのまま話はながれた。そして、この日は新鮮なマスのさしみと、白みそ仕立てのマス鍋を堪能したのだった。

翌日からは、俺が魚釣りに出かけ、ヒカル爺が狩り、遥が小屋で家仕事という役回りの日々がひと月ほど続いていた。俺の釣果の方はというと、日増しに〝無事〟に釣り上げられるマスやコイの量が増えていった。同時に、〝気〟の繊細なコントロールも上達し、ヒカル爺からもそろそろ狩りに連れて行ってもいいかと言われるようになっていた。

そんなときに事件は起こった。十匹の釣果を提げて、昼過ぎに山小屋へと帰り着こうとしていたその時。山小屋の裏手から聞こえてきた物騒な物音と遥の叫び声。

「くぉらぁー！」

俺は魚を投げ出して声の聞こえる方へと走った。そして、そこで見たものは……。

手斧を片手で振り上げ、人の大人ほどもあろうかという大猿に殴りかかる遥と、貯蔵小屋から干物にしていた魚を持ち去る二回りほど小さい小猿たちの姿だった。見た目はまんまニホンザルだが……大きい！

「大丈夫か、遥！」

そう叫びながら遥に駆け寄った俺は、信じられない光景を目《ま》のあたりにすることになった。思い切り手斧のとがった方で側頭部を殴りつけられた大猿が、それをまったく意に介さずに彼女に反撃したのだ。手斧で殴りつけられた頭からは血の一滴もこぼれてはいなかった。ヤツの頭はヤキがはいった鉄よりも硬いというのか……。

大猿の反撃を躱《かわ》しながら遥が叫ぶ。

「わたしは平気、コイツはわたしが何とかするから、空は貯蔵小屋の猿たちを追い払って！」

平気と言われても、遥が心配だった俺は、聞こえないふりをして彼女の注文を無視することにした。あんなに強そうな大猿相手に、遥が怪我でもしたら大変だ。

「なんだって？　よく聞こえないよッ！」

そう叫びながら大猿に殴りかかった俺の右手に、痺れるような鈍痛が走った。

「痛っ、どうなってんだコイツの頭は」

「空、あんたわたしの攻撃が見えてなかったの？　コイツの頑丈さは異常なの。いくら空でも素手で勝てる相手じゃないのよ」

注文を無視されたことに気が立っているのだろうか、遥の口調は穏やかではなかった。ジンジンと痛む右拳を押さえて立ち上がり、大猿の反撃を大きく横に跳んで躱した俺は、そんな遥に切り返す。

「コイツは俺が倒す。意地でも俺が倒す！」

「何言ってんのよ。空、あんた武器持ってないでしょ。貸してあげるからコレで戦いなさい」

「いや、コイツは意地でも素手で殴り倒す。遥はソレで小さいのを追い払って」

納得いかないのだろうか、無理だと思っているのだろうか、訝しそうな視線を投げかけてきた遥を見て、俺は再び大猿に殴りかかった。

〝気〟の訓練をはじめて、俺はあることに気づいていた。それは、拳に送り込む〝気〟の量と強さをコントロールすることで、俺の拳は恐ろしいまでの硬度を出せるということだった。さっきの攻撃は、大猿の硬さを確かめるためのものだった。これは決して言いわけではない。悔しいからもう一度断言しておく。言いわけではない。

さておき、今度の俺の拳には、さっきの倍の〝気〟が送り込まれ、鉄よりも硬くなるようにイメージしてある。たとえ通じなくても痛くはないはずだ。というか、通じないはずがないと俺は思っていた。助走をつけて飛び上がり、体重を乗せた俺の拳が大猿の顔面を襲う。

「くっ、痛ったたたたっ！」

さっきよりも一段と大きい激痛に、俺はその場でうずくまりそうになった。しかし、隙を見せるわけにはいかない。そう思って立ち上がった俺を、遥が大きく顎を落として凝視していた。俺の拳を受けた大猿はといえば、顔面を押さえて地べたでのた打ち回っている。

「……空に常識が通用しないことはよく分かったよ」

遥はそうとだけ言って、貯蔵小屋へと手斧を振り上げ走って行った。心配なことに変わりはないが、この大猿と渡り合っていた彼女なら、貯蔵小屋を荒らしている小猿どもに不覚はとらないだろう。

そうとなれば一刻もはやく、目の前の大猿を倒すだけだ。そう自分に言い聞かせた俺は、さっきのさらに倍の〝気〟を拳に送り込んだ。そのせいか、俺の拳からは陽炎のようなものがゆらゆらと立ちのぼっている。

のた打ち回っていた大猿はすでに立ち上がっており、一度頭をブルブルと振って敵意のこもった形相で俺を睨みつけてきた。次の一撃で決める。そう心に誓った俺は、渾身のダッシュで大猿に肉薄する。そして、抱きつこうとするように両腕をひろげ、覆いかぶさってきた大猿の手前で唐突にしゃがみ込んだ。

同時に有り余る〝気〟を足の裏から大地へと流し込む。大地にしみ込んでいる〝気〟と足の裏から流れ込んだ〝気〟が融合し、そしてしゃがみ込んだことで、俺の〝気〟と大地が強烈に結合し圧縮された。

究極のふんばりでその衝撃に耐えた俺は、超絶に圧縮され、跳ね返ってきた〝気〟を拳に送り込み、同時に突き上げるような渾身のアッパーをヤツの顎へとお見舞いしてやった。

手ごたえはあった。拳に痛みはない。大猿がのけ反るように後方に倒れていく。俺は立ち上がって倒れた大猿を確認した。そこには頭部が爆散した死体が転がっていたのだった。

「っしゃぁ！」

大猿を倒した俺は、その余韻に浸ることなく、高ぶった感情をそのままに貯蔵小屋へ急いだ。

殴り合いなど、小学生のときのケンカくらいしか記憶には無い。ましてや、殺し合いの経験などあろうはずもない。そんな俺が、どう見ても簡単に人を殺せるような野獣と、命をかけて戦ったのだ。あの大猿は、油断すればすぐにでも命が吹き飛ぶと思えるほどの殺気を放っていたし、恐ろしく硬くてタフで力強かった。戦うしかない状況だったとはいえ、そんな強敵をはじめて相手にし、勝利を収めた俺のハートが燃え盛るように高揚するのは自然なことだろう。

しかし、今は高揚感などに浸っている場合ではない。遥が心配だ。そんな心境を胸に急ぎ駆けつけてみれば、そこには、三匹の小猿を相手に、手斧をふり回している彼女の姿があった。そして俺はといえば、遥の無事を確認し、胸をなでおろしていた。

大猿と戦ってみて分かったことだが、コイツらはとにかく腕力があって硬くてタフだった。遥がいくら武器を持っていようと、複数の敵を相手に無事でいるのか、それだけが気がかりだったのだ。彼女は元気なように見えるが、どこか痛めているかもしれない。

「大丈夫か、遥!」

「なんと、かっ!」

空振りすれば風切り音が聞こえるような速度で、遥が手斧を水平に振りぬいた。しかし敵もさるもの、強烈なその一撃をまともに喰らって吹き飛ばされたというのに、かぶりを振っただけですぐさま立ち上がり、ほとんど効いていない様子だ。ただ、手斧が当たった側頭部から血がにじみ、毛を染めているのを見ると、あの大猿よりは固くないのだろう。

「加勢するぞ」

「アイツは?」

「もちろん倒したさ」

「あんたって人は……素手で山猿を倒すなんて、スゴイというか、ホント常識外ね」

あからさまな呆れ顔を作った遥を横目に、俺は二匹の敵を相手に対峙している。強烈な手斧の一撃を喰らって遥を標的に定めた一匹は、そのまま彼女にまかせるつもりだ。

もちろん、遥がピンチになれば、加勢するつもりなのは言うまでもない。が、いくら格下とはいえ、コイツら相手に中途半端な戦いはできない。それは大猿と戦ってみて十分に理解した。二匹は大猿より小さいが、普通のニホンザルに比べれば、かなり大きいことに変わりはないのだから。

遥のことも気になるが、今は目の前の俺を威嚇するように興奮している二匹に集中しよう。コイツらを俺が引きつければ、それだけで彼女は楽になるはずだ。そう考えながら視線を二匹に固定したまま、大猿を倒したときと同じように、拳に〝気〟を送り込んで強化する。

その瞬間、拳からあふれる〝気〟を感じ取ったのだろう、二匹は左右から同時に飛びかかってきた。まったくこらえ性の無い奴らだ、なんて悠長なことを考えている暇はない。

コイツらの攻撃は、キバのある強靭なアゴでのかみつきだということが、大猿と戦ってみて予想できた。そしてその前には、必ずしがみつこうとしてくる。しがみついて動けなくしたうえで、喉笛にかみついて敵を倒すのだろう。

どうでもいいことだが、猿風情に抱きつかれて喜ぶような変態的嗜好は持っていないし、敵の攻撃を受けきって反撃にうつるような、魅せる戦い方もする気はない。

それはさておき、両腕を広げて飛びかかってきた二匹が近づいた瞬間、俺は瞬間的に体勢を低くして地を蹴り、後方に跳び退った。おそらく、小猿共には俺が消えたように見えたことだろう。標的を見失い、かといって、跳躍して飛びかかろうとした体勢を変えられるわけもなく、二匹は互いに抱き合うように空中で激突していた。

そんな隙を黙って見逃す俺ではない。瞬時に間合いを詰め、大猿を倒したときと同じように〝気〟で強化した右拳を、抱き合って顔と顔をぶつけた格好になった、向かって右側の小猿の後頭部へと叩き込んだ。

あの頑強な大猿でさえ、その頭を爆散させるしかなかった俺の拳だ。下っ端どもが耐えられるわけがない。直撃を喰らった方はもちろん、もう一匹もろとも、俺の拳はその頭を吹き飛ばしていた。

とりあえず目の前の二匹は始末できた。が、まだ勝利の余韻に浸る場面ではない。

「遥！」

加勢しなければ。そう思って名を叫び、遥の方に目を移すと、首筋から血しぶきを上げながらちょうど小猿が倒れたところだった。普段は、おしとやかとまではいかないが、遥は普通の女の子だった。しかし、彼女の戦いぶりを思い返せば、その戦闘力はなかなかのものだった。というか、はっきり言って強い。強すぎる。

冷静になって考えてみれば、遥は俺の〝気〟の師匠なのだ。俺の何倍も〝気〟の使い方が上手いし、あの大猿を相手にしてもまったく怯んだ様子は見せていなかった。今考えれば、俺の心配は余計なことだったのかもしれない。

「ふぅ」

それはまるで、一仕事終えたような仕草だった。一息ついて浴びた血を二の腕でぬぐい、俺の方にふり向いた遥は、血のりがべっとりとついた手斧を片手に、肩で息をしている。

「怪我してないよな？」

「ふんっ、こんな雑魚にわたしがやられるわけないじゃない」

遥はぶっきらぼうに、そして余計なお世話と言わんばかりにそう言うと、プイと横を向いてしまった。

どうして彼女はこんな態度をとるのだろうか。何か気に障ることでも言ってしまったのだろうか。なんてことを考えていたら。

「……でも、助けてくれてありがとう」

遥は気恥ずかしそうにそう言ってくれた。

「どういたしまして」

と、俺は嬉しくなって笑顔を見せた。

「……それにしてもヒドイ恰好ね」

ほっとしたような笑顔で遥にそう言われ、はじめて俺は自分が血まみれになっていることに気がついた。しかし、存分に返り血を浴びた彼女も、人のことを言えた柄じゃないと、このとき俺は思った。

「遥も血だらけだよ」

「分かってるわ。それより……ごめん、空」

そう言ってきた遥からは、さっきまでの笑顔が消え失せていた。急に神妙になった彼女に、俺はなにごとかと不安に駆られる。

「急にどうした？」

「空の干物を奪われたわ――」

遥によると、襲ってきた猿どもの数は倍以上いたという。貯蔵小屋を荒らしていた猿の群れに気づいた遥は、手斧を持って追い払おうとしたが、例の大猿に邪魔をされて小屋に近づけなかったらしい。しきりに謝ってくる彼女をなだめ、俺は小屋の中を確認することにした。


「だいぶ持って行かれたな……」

「ホントごめん」

「もういいって、遥が悪いんじゃないから」

修行がてらに釣った魚を、俺は干物にして貯蔵小屋に蓄えていた。街に下りたときに、売って金に換えようと考えたからだ。しかし、その三百くらいはあった干物が、半分以下にまで減っていた。幸い、吊るしてあった大鹿の肉は無事だったが……。

ヒカル爺によると、干物は一匹五十円程度の金になるらしい。一万円弱、盗まれた計算だ。遥やヒカル爺にいろいろ聞いてみたところ、物価は二十一世紀の十分の一くらいだったから、結構な金額だ。しかしそんなことより。

「魚はまた釣ればいいさ。それよりも、遥が無事だった方が俺は嬉しいよ」

お世辞などではない。下心があったわけでもない。これは俺の本心だった。

「空……」

このとき、見上げてきた遥の瞳には薄らと涙が浮かんでいた。はっきり言って俺は動揺した。こんな彼女は見たことがない。このときの遥からは、言いようのない色気と儚さが感じられたのだ。このまま抱きしめてしまいたい。そう思えるほどに愛おしく思えた。

しかし、女の人と付き合ったことなど一度もなく、ましてや女性経験など皆無でＤＴな俺が、そんな甲斐性など発揮できるはずがなかった。

「あっ、あの……」

「ん？　どうしたの？」

「い、いや……その、血、流そうか」

「うん、でもその前に……」

このとき俺は、自分のことを本当に情けない男だと思った。心からそう思った。


結局、遥に言われたとおり猿どもの死体を深く掘った穴に埋め、それから井戸水を浴びることになった。なにせ、俺も遥も血みどろになっているのだから、このヌメヌメとした嫌な感覚と臭いを、綺麗な井戸水で早いとこ落としてしまいたかった。そういうことだからしかたがない。と、俺は心の中で自分に言い聞かせた。

そんなこんなで、交互に桶で水を掛けあって返り血を落としている最中に、ヒカル爺が山から下りてきた。

「何があった？」

若干慌てたように駆け寄ってきたヒカル爺に、ずぶ濡れの遥が状況を説明している。今まで気にしていなかったが、ずぶ濡れの彼女を眺めているうちに俺の体に変調が訪れた。ヒカル爺に状況を説明している遥は、水もしたたる良い女、というほどに成熟した色気はないが、その浮き出たボディラインは、俺のエロ中枢を刺激するには十分な破壊力を持っていた。

今の遥は、薄手の綿の白シャツが水で透け、藍色の短いスカートが太ももに貼りついている。ヤバイ、下半身に血があつまっている、と感じた俺は、事態が明るみになってしまう前に近くにあった座椅子に腰かけた。

「急に椅子に座ってどうしたの？」

「い、イヤ、何でもない。何でもないヨ」

焦った俺は、とっさにそう言ってみたものの、遥は頭上に「？」マークを浮かべて不思議そうな顔をしていた。そしてそれを見ていたヒカル爺は、含み笑いを浮かべて助け舟を出してくれたのだった。

「山猿の群れか……今年ははじめてじゃのぅ」

「って、毎年来るんすか？」

「来ない年もあるがのう、多い年は何度も襲ってきよる」

あとで聞いた話だが、遥が山小屋に滞在している理由も、山猿などの獣から狩りで得た獲物の番をする意味あいが大きいらしい。彼女にとって、山猿を追い払う程度のことは、そう難しいことではないということだった。今までは。

しかし、今回襲ってきた山猿は、はじめて見る大きさで、予想以上に強かったということだ。

「でも、あの個体は異常だったわ」

そう言った遥は、回想でもしているかのように、遠い目をしていた。

「大猿と言ったか、大人の背丈ほどもある」

「ええ、わたしの斧がはじかれちゃったし、傷一つ負わせられなかったわ」

「ほう、遥の斧が効かんかったか」

確かに、あの大猿の硬さは異常だったと俺も思う。ヒカル爺が驚いているほどだから、あながち俺の感想も的外れじゃなかったのだろう。

「どうやって追っ払ったんじゃ？」

「空が倒したのよ」

不思議そうに問いかけてきたヒカル爺に、遥が少し得意そうに答えた。だから俺も得意げに答えることにした。

「殴り殺した」

「そうかそうか、殴り殺したか」

そう言って愉快そうに笑い出したヒカル爺。彼によれば、その大猿は群れを率いているボス猿だろうということだった。そして、それほどの大きさの個体なら、遥の斧が通じないというのも不自然ではないらしい。

一般的に大きい獣ほど、その防御力は高くなるそうだ。その中でも、山猿の防御力は高いことで有名らしい。しかし、斧の直撃を顔面に喰らって血の一滴も出ないなど、聞いたこともないという。それを素手で殴り殺したというのが、彼のツボにはまったようだ。

「それにしても災難じゃったのぅ。盗られたのはお前さんの干物だけか」

遥は、思い出したように下を向いてしまった。干物を盗られたことに、まだ責任を感じているようだ。それに追い打ちをかけるようなことを言ったヒカル爺に、このとき俺は感情の高ぶりを感じていた。

しかし、うなだれている彼女に見えないように、俺の背をつついてきたヒカル爺の魂胆に気づいたとき、一転して俺は、グッジョブと心の中で喝采を送っていた。そうさ、下心があってもいいじゃないか。

「俺としては遥が無事だった方が嬉しいよ。そりゃぁ、干物が盗られたのは悔しいけど、またたくさん釣ればそれでいいから」

前にも同じようなことを言ったような気がしたが、「遥が無事だった方が嬉しい」のところを、ことさら強調しておいた。彼女との距離感をもっと親密にするには、今が絶好のチャンスじゃないか。

遥はうつむいたままだったが、小さく頷いて小屋の中に消えていった。それを見送ったヒカル爺は、ニヤリと口の端を上げたのだった。ありがたいことに、どうやらヒカル爺は、俺と遥を本気でくっつけたいようだ。

「ほれ、お前さんも早いとこ着替えんと風邪ひくぞ」

小屋に戻って乾いた服に着替えた俺は、いつもよりせわしなく家事に勤しむ遥を、可愛いなぁ、と思って眺めていた。

ちなみに、まともな服を一着も持っていなかった俺は、ヒカル爺のおさがりと言ったら語弊があるかもしれないが、彼からもらった甚平《じんべい》のような服を着用している。今はまだ夏場なので、外に出るときはデニムのズボンにTシャツ姿だが、小屋の中ではこの服装でいることが多い。

そんなことを考えていると、俺が着替えたことに気がついた遥が、右手を差し出してきた。視線を泳がせ気味に手を差し出した様は、少し恥ずかしそうでもある。

「はい」

「何？」

遥がなにを要求してきたのかは分かっていた。しかし、少しだけ意地悪してみたいと思った。俺はもしかしたらSなのかもしれない。

「何じゃないわよ、分からないの？　そのズボンとシャツを寄越しなさいと言っているの」

「あ、洗ってくれるのか？」

「当たり前じゃない。それ以外に何があるっていうのよ。鈍感なんだから」

そう言われて差し出したまだ濡れているTシャツとデニムのズボンを、遥が嬉しそうに持っていってくれた。

今までは「自分であらって」と言われて、その通り自分で洗濯していただけに、彼女のこの嬉しい変化に、俺は心の中で小躍りしている。少々ツンデレのきらいがあるのはいただけないが、そういったことも含めて、遥が今までより可愛いと思えるように俺はなっていた。本当はもっとこう、一途な愛情表現をしてくれるとか、ツンデレではなくてデレデレの方が好みなのだが。

この日以来、俺の服も遥が洗濯してくれるようになった。けれども、パンツだけはいまだに自分で洗ってと言ってくる。が、彼女が俺のことをかなり意識していることだけは実感できた。

しかし、まだ本気で好きになってくれたわけではないのだなと、少し残念な気持ちにも俺はなった。できれば山小屋にいる間に、パンツも洗ってくれるようになるといいが……それはそれで恥ずかしいが。

登場人物紹介1

葵 空

Sora Aoi

現代日本から未来にタイムスリップしてしまった少年。おじさんの影響でトレジャーハントにハマっていた。

「この程度の失敗で俺はあきらめない！」

「もうっ、からかわないでっ、空のスケベッ！」

鴻ノ江 遥

Haruka Kounoe

未来で行き倒れていた空を助け出した少女。祖父のヒカルと共に猟師をしている。

第二章

季節は秋になり、山小屋の周りは見惚れるほどの紅葉に覆われていた。夜の冷え込みも日増しに厳しくなり、最近では布団《ふとん》から出るのに勇気を振り絞らなければならない。

あの山猿襲撃事件があってから、襲撃はなく、山小屋での生活は今までどおりの平穏な毎日に戻った。俺はといえば、盗まれた干物の穴埋めをするために釣りを優先し、結局狩りには行かずじまいだったのが悔やまれるところだ。

俺と遥の関係も、服を洗ってくれる以外は今までどおりに戻ってしまったのがもどかしい。俺の『遥にパンツを洗ってもらおう計画』は、脳内だけの妄想になってしまった。いざというときはそうでもないと思いたいが、どうにも俺は恋愛ということに向いていないらしい。よく言えば奥手な性格であり、実のところは甲斐性がないだけなのだが。

そして、〝気〟の修行の成果は？　といえば、嬉しいことに遥曰く一般人と比べても遜色なしだそうだ。実をいうと、俺は遥やヒカル爺に隠れてあることの特訓をしていた。完璧に操れるようになるまで、言うつもりはないその特訓とは、ズバリ、〝気〟を使った飛行訓練だ。今の段階では、自由に飛行することはできない。しかし、どうにかこうにか体を浮かせることはできるようになった。聞いたわけではないが、遥もヒカル爺も〝気〟で空を飛べるなんてことは一言も口にしなかった。

おそらくだが、一般的に人は飛べないのだろう。そうなると、自由自在に空を飛べるようになれば、二人を驚かすには十分なことだと俺は思うのだ。だからこの訓練は、今はまだ秘密にしておこうと思っている。

寝起きの運動がてらに、遥とともに山を下りる準備を終えたばかりの肌寒い朝。朝食の準備をはじめた彼女を横目に、ヒカル爺が聞いてきた。

「荷車の準備はできとるか?」

「完璧っす。さっき積み込みも終わったし」

狩りで蓄えた獲物の肉と毛皮、ツノ、俺がせっせと作った干物、それに、遥やヒカル爺が暇を見つけては集めていた干し薬草や干しキノコを、荷車で街まで運ばなければならない。

いつもは遥が先に山を下り、助っ人を二、三人呼んで荷車を引いているらしいが、身寄りのない俺を世話してくれたお礼ということで、荷車の牽引を買って出たのだ。遥曰く扱いが一般人レベルまで上達したという、有り余る〝気〟を使えば、荷車を街まで引いていくことなど、俺一人でできるはずだ。

朝に積み込みを終えた今日一日は、知っておいた方がいいこの時代の常識とやらを、遥を講師に学ぶことになった。というか、俺からお願いして学ばせてもらった。そして分かったことは、富士大公国には厳しい身分制度があるということだ。

「他の国、たとえば和国と比べると、身分格差は小さいわね。でもいい？　軍人とか貴族に逆らっちゃだめだからね。特に貴族には注意して」

「それでも俺には厳しい身分格差だと感じるよ。まぁ、お貴族様が偉いのはなんとなく分かる。でも、軍人が偉いというのがイマイチ理解できないな。けど、忠告はありがたく受け取っておくよ」

「そうしなさい。それから、貴族は服装が豪華だけど見分けるコツは帯剣しているかどうかだからね。軍人も帯剣しているけど、彼らは軍服を着ているからすぐに分かると思う」

「へぇ、そうなんだ。刀とか剣は俺たちが持っちゃダメなんだ」

「平民っていうか、一般人の帯剣は法律で禁止されているわ」

別に刀とか剣をどうしても持ちたいという気持ちはない。けれども、日本男児たるもの刀に憧れるのは当然なわけで、刀を持てないと分かって少しだけ残念な気持ちに俺はなった。

身分制度とか街で暮らす上での注意事項はあらかた分かった。その後の与太話で、文明レベルは明治の後半程度であり、電気はあるが一般家庭へは普及していないということ。乗り物も車やバイクが使われているが、それは貴族や軍、富豪しか所有しておらず、ほとんどは馬や馬車だということが分かった。

「――まあ、馬とか馬車にしても、所有している家庭は少ないけどね」

「そうなんだ。でも、いろいろ教えてくれてありがとう。助かったよ」

「どういたしまして」

遥のありがたい講義が終わり、山小屋での今年最後の豪華な夕食を食べたあと、ヒカル爺が懐からもぞもぞと、あるものを取り出した。

「手持ちがないと心もとないじゃろ」

そう言って渡してきたのは、アラビア数字が浮き彫りにされたアルミと銅、それに銀の小板だった。厚さ一〜二ミリで二センチ×三センチくらいの長方形をした小板には、数字の上に五ミリ角の小穴が開いていて、その穴にヒモを通してまとめてある。

「これ、お金っすか?」

「まぁ、そんなもんじゃ。小遣いだと思えばいい」

数字を合計した金額は、千二百円。この時代に来る前の金額に換算すれば約一万二千円だった。多すぎず少なすぎず、小遣いとしては妥当な金額だろう。しかし。

「何もしていないのに、お金なんてもらえないよ」

「年寄りの施しは受け取っておくもんじゃ。それに小遣いと言ったろう。小遣いは対価とは別じゃよ」

「そうよ、空。もらえるものはもらっときなさい」

こうまで言われたら、断るのはかえって失礼なのだろう。そう考え、俺はヒカル爺の善意を受け取ることにした。

「分かった、もらっておくよ。ありがとうヒカル爺。大切に使わせてもらうよ」

こうして、ヒカル爺から小遣いをもらった俺は、山小屋最後となる眠りに落ちたのだった。

明けて翌朝。俺たち三人は、食材と身のまわりのものを満載した荷車を引いて山小屋を後にした。紅葉に埋めつくされた木々を両脇に見て、見たことも無いような大きさの荷車を俺は引いている。

四トントラックの荷台ほどはあるだろうか。積んでいる重量はそれよりも多く、ヒカル爺曰く七、八トンはあるだろうということだった。それほどの重量があるにもかかわらず、今の俺は余裕で荷車を引けているのだ。路面は舗装されていないむき出しの泥道だが、重いとも感じないし、歩きにくくもない。

「重くない？　大丈夫？　空」

「ちっとも重くないよ。軽い軽い」

山道はほとんどが降りなので、正確に言うと引いているというより、支えていると言った方がいいのかもしれない。が、俺が感じている重さは、旅行に行くときのトランクケースを引いているような感覚だった。〝気〟の力おそるべしということだろう。

荷車を見てひとつ驚いたことといえば、荷車の荷台や車輪は木製だが、車輪の軸受けに鉄のベアリングが使われていたことだ。ベアリングを造る技術がこの時代にあるとは驚きだった。回転を支える鉄球に求められる真球度は、ミクロン単位だった気がする。そんな技術が今の時代にあるのだろうか？

さらに面白いことに、〝気〟が存在するこの時代では、金属製の道具よりも、木製の道具の方が強度が出る場合があるらしい。今俺が引いている荷車がまさにそれであり、これほどの重量を積載しても大丈夫なのだそうだ。

「ところで空、やりたい仕事は決まったの？」

俺の横を歩く遥が問いかけてきた。ヒカル爺は、年寄りに歩かせるつもりか、と、荷車の後ろに座ってゆっくりと流れゆく紅葉を満喫している。別に気にはならないが、いいご身分なことだ。

「まだ決めてないんだよね。街に着いて落ち着いたら考えるつもりだけど」

「そういえば、どんな仕事があるか何も聞いてこなかったもんね」

「今更なんだけどさ、俺でもできそうな仕事って、何かある？」

しばらく考えていた遥がポツポツと話し出した。

「そうねぇ、とりあえずは、あぶれることがない土木工事みたいな力仕事かな。あとは、木こりとか発掘師くらい？」

「発掘師？」

聞きなれない言葉に、俺はオウム返しで聞き返していた。

「ディガーとも言うわ。坑道を掘って、地下に潜って神話の時代の遺物を掘り起こすの」

「遺物？」

「お金に使われるアルミとか銅、神話の時代に使われていた製品とか機械部品とかガラスとか鉄とかかな。ギャンブル性高いけど、一発当てれば大金持ちよ。当てればだけど」

「えっ！」

「そうね、この荷車の軸受けも発掘品よ。他にも――」

このときすでに、俺の耳には遥の声が届いてはいなかった。それは、遺物の発掘という、まさに俺好みの宝探し的な天職のごとき仕事があることが分かったからだ。

言うまでもないが、宝探しは男のロマンだ。この時代に来る前に、いつかおじさんとトレジャーハントに出かける約束をしていたがそれがかなわない今、この話を聞いた。その瞬間、俺のやりたい仕事は決まっていた。即断即決だ。

「クックックク……」

「そんなに興奮してどうしたの？」

「やりたい！　遥、その発掘師に俺はなるぞ」

「好きにすればいいわ。あまりお勧めはしないけど」

遥は一瞬驚き、そして渋そうな顔になったが俺は気にしない。地下に眠る財宝を探し当てる。しかもそのヒントになる当時の情報を、俺は持っているのだ。お宝はアルミや銅、機械部品などで、金銀財宝ではないが、この時代では価値あるものだ。

豊田市が鉱山だということも納得できた。あそこには自動車の工場とか、その部品を製造する関連施設が、いたる所にあったのだから。それに、工場じゃなくとも大きな施設があった場所は覚えているし、豊田だけではない。東京の位置を割り出せれば、そこには計り知れない財宝が眠っているはずだ。

トレジャーハンティングとして考えれば、どこに何があったかある程度覚えている豊田よりは、東京の方が断然ロマンがあるだろう。というか、東京に眠る宝を探さずして何が男か。と、声を大にして叫びたいほどだ。

少ないヒントをもとに、財宝を掘り当てるという醍醐味を味わうことはできないかもしれない。しかし、ほとんどがハズレな宝探しと違って、東京にしろ豊田にしろ、確かにそこにあったという情報というか記憶が俺にはある。これは絶大なアドバンテージなのではなかろうか。俺ほどこの時代の宝探しに向いている者はいない。そうとしか考えられなかった。

「遥、その発掘師になるにはどうすればいいんだ？」

「街に発掘師協会の事務所があるから、連れてってあげるわ。詳しいことはそこで聞いてね」

「ありがとう、ありがとう遥」

あまりに嬉しそうにはしゃぐ俺に、遥はほだされてしまったのだろう、「目標が見つかってよかったね」と、笑顔を向けてくれた。

休憩を挟《はさ》んで延々と山道を歩き続け、辺りが暗くなりはじめた。さすがに一日荷車を引いて歩き続ければ息が上がるが、そのおかげで、冷え込みはじめた空気が心地よく感じられる。

「もうすぐ着くわ。頑張って、空」

道中、遥に聞いたところ、街までは一泊二日の距離らしい。要するに今夜は野宿だ。そしてその場所が近いと彼女は言っているのだ。

「大丈夫、まだまだ平気さ」

と、荒い息づかいで強がってみたが、さすがにそろそろ休みたい。そう思っていたところに、森が開けている場所が見えてきた。右側は森だが、道の左側が開けており広場になっていた。その向こうは崖のようだ。これで休める。そう思ったときにヒカル爺が荷台から降りてきた。

「一人でよう頑張ったの。野営の準備はワシと遥でやるから、お前さんは休んどれ」

「ふぅ、そうさせてもらいます。夕食は俺の干物を使ってください」

荷車を開けた場所に停め、労いの言葉をかけてきたヒカル爺と遥にあとをまかせた。俺は息をととのえながら広場の端、崖のふちまで行って壮大な景色を堪能する。眼下数十メートルに見える切り立った崖のふもとから、正面の遠い山肌にかけて紅葉した木々が覆いつくし、沈みゆく夕陽の中で紅々と燃えていた。

「ふんっ、んーっ！」

重い荷車を引き続け、綿のように力が入らなくなった両腕を天に向け、盛大な伸びをする。明日は筋肉痛かな。そんなことを考えながら、暗くなるまで景色を堪能した俺は、後ろから聴こえてきたパチパチと薪が燃える音と、干物の焼ける香ばしい匂いに誘われるように遥たちのもとへと戻った。

「もう少し待ってね。もうすぐ焼けるから」

陽はとうに沈み、煌々と炎に照らされた干物からは、ジリジリと焼けていく音とともに脂《あぶら》がしたたっていた。それが燃えることでさらにいい匂いが漂い、否が応でも食欲を掻きたてていく。ついさっきまで、疲れて食欲なんてなかったはずなのに、干物の焼けるこの香ばしい匂いを嗅ぐと、なぜだか俄然食欲が湧《わ》いてくるのだ。

火にかけられた鉄鍋からも、食欲をそそる匂いが漂ってきた。鍋の中身は、移動の途中で遥が集めた山菜と、大鹿肉の味噌スープだ。味噌汁ともいう。

「もういいかな」

そう言って遥が味噌汁をお椀に取り分け、竹の皮に包まれたおにぎりと共に渡してくれた。

「はい、熱いから火傷しないでね。こっちはお爺ちゃん」

色あいよく焼けた干物をハフハフとほお張り、おにぎりにかぶりついては味噌汁をすする。その美味さといったら、たとえようのない絶品さだった。普段山小屋で食べる食事も美味いが、それよりも段違いに美味い。

「こういうところで食べる夕飯は、格段に美味いっすね」

「それはお前さんが荷車を引いてきたからじゃろ。季節とこの肌寒さも関係しとるかもしれん」

「お爺ちゃんは美味しくないの？」

「いやぁ、美味い。美味いぞぉ、遥」

少し怒気を含んだその問いかけに、ヒカル爺は慌てたように取り繕っていた。

和気あいあいとした夕食も終わり、充実した満腹感を満喫するかのように会話が弾む。しかし、その会話もいつしか途切れ、夜風のささやきがほてった体を優しく包み込んでいった。

「そろそろ寝ましょう。襲われないように空は〝気〟を解放してくれるかな？　それとこれ」

「うん、ありがとう」

遥に言われたとおり、獣除けの〝気〟を解放する。渡された厚手の布を体にまとい、その上から毛皮をかけ、荷車の車輪に背を預けて座り込んだ。満天の星空を見上げながら、その中に見つけたWの文字、カシオペア座を見るにつれ、ここが日本であることを再認識することになった。

まだ山の中しか知らないが、遥の話を聞くかぎり、ここは俺の知る日本ではあるまい。明日街に出れば、それを実感することになるのだろう。そんな大きな期待と少しの不安を胸に、俺は眠りに落ちた。


山小屋を出発して二日目の正午前。両脇を覆っていた紅葉が減りはじめた。ようやく山道を抜けた俺たちは、勾配がなく平たんではあるが、古いわだちが残る泥道を歩いている。おそらく人通りが少ないのだろう。

そして、それからさほど進むことなく、街へと通じているらしい街道へと辿《たど》り着いた。幅十メートルはあろうかという舗装されていない街道が、南北に延びている。街道の向こうは枯れかけた草原であり、ところどころに巨岩が顔を出していた。

「右でいいんだよな?」

「そう、右が富士大公国、左が和国よ」

南側に行けば遥たちの実家がある富士大公国の首都らしい。

「ここまでくればもう一息じゃの。疲れとらんか?」

「疲れてはないいんだけど、腹が……」

この時代に来て、かなり正確になった俺の腹時計が正午を告げている。ここが最後の休憩ポイントらしいので、街道に出る前に昼休憩をとることになった。荷車を停め、その横の草原で車座に座っておにぎりをほお張る。下りて来た道を荷車がふさいでいるが、ほとんど人が通らない道なので気にする必要はないらしい。

休憩の間、ずっと街道を眺めていたが、旅人の姿を見ることがなかった。護衛らしき乗馬した人に守られた荷馬車の一行と、馬を駆る軍人らしい団体さんが南下していっただけだった。どちらの団体さんも、俺たちには一瞥をくれただけで素通りだ。というか、先を急いでいる感じだった。

「あれは？」

「大公国軍の巡回よ」

「巡回？」

「主に危険な野獣とか妖魔のたぐいの監視じゃ。野盗もたまに出おる」

「妖魔ってあれっすよね。〝妖気〟のバケモノ」

ヒカル爺曰く、妖魔とは〝妖気〟に支配された獣、または〝妖気〟のみの意識体であり、このあたりに出没するのは前者だということらしい。後者は、山岳地帯の一部と地下にしか生息？　しておらず、遭遇すれば危険極まりない存在だが、平地にはほとんど出没しないそうだ。

荷馬車が先を急いでいたのは、野盗や危険な獣が出没する危険地帯を、早く通り抜けたかったのだろう。軍人さんたちは、昼休憩に遅れないように急いでいたのかもしれない。

昼休憩を終えた俺たちは、街道の左側を南に向けて歩いた。途中何度か軍人さんや荷馬車とすれ違ったり追い抜かれたりしたが、道幅の広い街道では、それも苦にならなかった。そして、見えてきた川の向こうには稲刈りが終わった田んぼが広がっており、そのさらに奥に、ようやく民家らしき建物が見えてきた。

木でできた大きな橋の近くまでたどり着いてみれば、川幅は広く、三十メートルはあって、水深も深そうだった。橋の手前には、小屋というには大きな建物と厩舎があって、道を塞ぐように四人の軍人が立っている。カーキ色のツナギのような軍服と軍帽をかぶり、腰に刀のようなものを差した男三人に女一人だ。

「あの人たちは?」

「橋の守備兵じゃよ」

このとき、俺はあることに気づき嫌な予感がしていた。こういった場面では、身分証とか入国証とか見せなければダメなんじゃないのか？　座右のファンタジー小説にもそう書いてあった。

「あの、俺身分を示すモノ持ってないいんだけど……」

「ガッハッハ、そんなものは要らん。心配無用じゃて」

ヒカル爺によれば、和国との国境は、街道をここからずいぶん北上したところにあるとのことだ。つまり何が言いたいかといえば、現在地点は富士大公国の国土であり、山小屋があった場所も富士大公国だった。ようするに、入国証は国境で必要なのであって、すでに富士公国の中にいる俺たちには必要ないということだ。

「今年は大猟のようだな、爺さん」

「ホッホッホ、おかげさまで、いい猟ができましたわい」

「ふん、仕事が引けたら呑みにでも行ってやろう」

見た目四十過ぎの、この時代でいえばおそらく百五十過ぎの軍人が、見下すように偉そうな口ぶりで話しかけてきた。ヒカル爺は、いくぶん腰を低くして対応している。

「軍人は貴族に次ぐ特権階級なの」

「特権階級？」

「軍人はね、命を張って国と民を守らなきゃならないの。その見返りに特権が与えられるのよ」

「見返りねぇ」

「建前なところもあるけどね。それよりも権力を笠に着ることの方に軸足が移っている軍人もいることは確かね。そういった人種はいつまでたっても出世できない下っ端に多いんだって」

たぶんコイツがその下っ端なのだろう。俺は遥に合わせてできるだけ目を合わさないように、そして不自然にならないように歩いた。

そそくさと軍人たちの前を通り過ぎ、橋を渡ってようやくひと心地ついた俺は、道すがら大公国のあらましを遥に聞くことにした。

「人が生活する街や畑や田んぼ。要するに一般人が活動するエリアは川と堀によって守られているの。危険な妖魔や野獣は川や堀に邪魔をされて入ってこれないわ――」

もちろん、田畑を荒らす害獣も同様なのだが、鳥だけは侵入してくる。だから稲穂が垂れる収穫前になると、散弾銃をもった農家の人たちが、昼夜見張りをするそうだ。

「へぇー、銃はあるんだ」

「人や獣には無意味だけどね」

「無意味って？」

「それはね、〝気〟で強化された人や獣はいくら散弾銃で撃たれても効かないからよ」

「じゃあなんで散弾銃があるの？」

「田畑を荒らす野鳥を追い払うことができるわ。追い払えるだけで鳥に弾が命中しても、よくて気絶するだけだけどね――」

この時代では、銃器には鳥を追い払うことくらいしか利用価値がないようだ。〝気〟を溜めておけない弾丸より、溜めておける矢の方が殺傷能力が高いというのだから面白い。そういえば、ヒカル爺の主装備も弓だった。

銃で撃たれても怪我すらしない。この時代の人や獣は、それほどに耐久力が上がっているのだ。仮にピストルで撃たれたとして、おもちゃの銀玉鉄砲の弾が当たった程度なのだろうか。ハトがマメ鉄砲の例え程度だろうか。それとも、当たるとミミズ腫れするエアガン程度なのだろうか。銃はあまり普及していないらしいので、気にするほどのことではないが。

そんなことを考えながら荷車を引いていた俺の視界に、ようやく街並みが飛び込んできた。川を越え、両側に広がる広大な田畑を割るように延びた街道の、少し小高い坂を登りきったところだ。

見えてきた街並みは、塀や防壁には囲まれておらず、少しずつ民家の密度が高くなっているような印象を受けた。そして、さらに歩いて近づいた街の外れに点在する家屋は、屋根に瓦のように板を重ねた平屋だった。というか、瓦はどこの家にも使われていないようだ。そういえば、山小屋も板ぶき屋根の平屋だったなと、今ごろになって思い出した。

そしてこの辺りまで来ると、農作業をしている人、刈り入れの終わった田んぼで遊ぶ子供、などなど、大公国の住民を見かけるようになった。

「もうこの辺りは安全なんだ」

「川があるし、危険な獣はここまで来ないわ。仮に侵入されても、見通しが良いから」

無邪気に田んぼを駆けまわる子供たち、農作業をしながらその子供らに目を配る大人たち。そこだけを切り取ってみれば、それはのどかな農村の一場面だった。なんとも牧歌的な光景だ。

しかし、そんな様子も長続きはせず、次第に民家が密集し、やがて民家のかわりに二階建て三階建ての商店や工房、事務所、木造アパートなどが幅を利かせはじめた。

「この南北に延びる通りが富士大公国の目抜き通りよ」

十メートル程度だった道幅が倍の二十メートルほどに広がり、いつのまにか石畳の道に変わっていた。道の中央には馬や馬車が行き交っている。自動車やバイクはまだ見かけていないが、自転車に乗っている人もいた。

食材を満載した俺たちの荷車は、申し訳なさそうに道の端を進んでいる。俺が引いて歩いているのだからそれは当然だろう。道の真ん中を我がもの顔でトロトロ進んでいれば、大ひんしゅくを買うこと間違いなしだ。

「この目抜き通りを南に一日歩けば大公様の宮殿が見えてくるわ。ここからじゃ見えないけど。距離的には十キロないくらいね」

「へぇー」

大公様のことは置いておくとして、ここまで大通りを歩いてきて、たしかに明治時代的技術レベルだということが、なんとなく分かった。

人々の服装は、和装洋装入り乱れているが、俺が生まれた時代に比べると、どちらもどことなく雰囲気が違っていた。表現が難しいが、簡素というか、余計な飾りがないというか、しかしそれでいて、古めかしさをあまり感じさせない新鮮なデザインだった。

そして、この街がおそらく計画的に区画整理されているということも分かった。坂道はあれど、曲がりくねった道が無いのだ。見える範囲の道は全て、東西南北に伸びていた。

「次を左よ」

その後も遥に言われたとおりの道順を辿り、街に入ってから二時間程度で建物の窓から明かりが漏れ出してきた。

陽もどっぷりと暮れた時間になって、ようやく俺たちは彼女の実家に到着することができた。そして、そこは大きめの食事処だった。正面の藍色のれんには、大きく「お食事処」と白抜きしてあるのだから間違いない。ヒカル爺曰く、今の時間には酒も出る、いわゆる大衆食堂らしい。のれんをくぐった遥の声が店の中から響いた。

「ただいまー！」

「お前さんはここで待っておれ」

そう言って遥に続き、のれんをくぐったヒカル爺。それから少し間をおいて、一人の男とヒカル爺が店から出てきた。少し油で汚れた白い前掛け姿のその男は、ガッシリとした体格の、いかにも体育系な角刈りオジサンだった。

「これは凄い、今年は大猟だ……で、キミが空君？」

「そうじゃ、倉庫に案内してやりなさい」

「あの、この方は？」

「ワシのせがれじゃ」

「幸作《こうさく》といいます。遥が世話になったそうで——」

幸作と名乗ったその男は、遥の父親であり、ヒカル爺の息子だそうだ。その幸作さんに案内されて、俺は荷車を裏手にある倉庫に引いていった。

「ご苦労さん。疲れただろう、風呂にでも浸かって疲れをとりなさい」

俺は、幸作さんのその言葉に甘えることにした。そして風呂をあがり、遥の母、琴葉《ことは》さんに案内された場所は何人座れるんだ？　というほどに長く大きな掘りごたつが、部屋の真ん中にある居間だった。

その居間は、部屋の広さを除けば、ひと昔前の日本家屋というか、まさに昭和の家族ドラマに出てくるような造りだった。誰もいないのでこたつに入って、くつろいでいると。

「あの、つまらないものですが」

そう言ってお茶とセンベイを出してくれた若い女の人を見て、俺は目を見開いた。

「遥？　さんじゃないですよね……」

顔の造りは遥そのものだが、雰囲気や髪の長さが全然違う。こう、なんていうか、おしとやかで清楚な感じだ。そして、遥との決定的な違いに俺は気がついた。いや、気づかない方がおかしい。それは、否が応でも視界に飛び込んでくる、自己主張甚だしい二つの膨らみだ。

たおやかなその体つきとは、不釣合いなほどに良く育ったふくよかな双丘のなんとすばらしいことか。アメイズィングでエクセレンツな、ワンダフォーあっぱれおっぱいである。自分でも何を言っているのか分からなくなってきたが、気にしてはいけない。

さらに、長く伸ばした黒髪も、薄い化粧にも嫌味がない。普段化粧をしていない遥の健康美もまんざらではないが。これはどう考えても別人だろう。

「遥さんとは双子ですか？」

「違いますよ。遥は三つ違いの姉です」

「妹さんでしたか、それにしてもよく似てますね。俺は空といいます」

「琴音《ことね》です。姉が大変お世話になったそうで。私からもお礼申し上げます」

琴音さんは頬を薄らと染めてそう言った。

「いやいや、お世話になったのは俺の方で――」

琴音さんの、おしとやかで礼儀正しく丁寧なしゃべり方は、けれんみがなく、遥とはその雰囲気も含めてまるで別人だった。気さくで、わりとお気楽な遥といるのもいいが、こういった女性もまた、いいもんだなぁ、とかなんとか考えていると。

「ふぅ、いいお湯だったわ。やっぱり実家の広いお風呂はいいわね」

こたつで琴音さんとくつろいでいた俺は、遥の声に視線を下から上へと上げていった。風呂からあがったばかりの彼女は、火照ったその体から淡く湯気が上がり、白い手拭いで髪をまとめあげていた。柔らかそうな綿の白シャツに寝巻の下だろうか、薄手のズボンを穿いていたのだが……。俺の視線は、とある一点に釘づけになってしまった。

フィット感があると言ったらいいのだろうか、柔らかそうな薄手のシャツがピタリと肌になじみ、ボディラインが鮮明に浮き出ている。

そのおかげで、形のいい小ぶりな胸の膨らみが否応なく強調され、その頂に……。シャツの上からでも明らかに分かる、ピンと起って突出した突起物。その神々しい突起物が、双丘の丘の頂上で、形のいい頂きのその頂上で、我も我もと自己主張しているのだ。俗にいうノーブラのビーチクだ。

日本語がかなりおかしなことになってしまっているかもしれないが、それは、俺の心の動揺の表れだと思ってくれるとありがたい。

「お姉ちゃん！　はしたないです。はやく上着を羽織って。空さんが困っていらっしゃいますよ」

「！」

俺の凝視する先に気づいた遥は、慌てて両腕で胸を隠し、茹であがったカニのように赤くなって走り去った。久しぶりに実家の風呂でゆっくりくつろぎ、解放感と安心感から俺がいることを忘れてしまった。おおかたそんなところだろう。

いやぁ、いいものを拝ませてもらった、とはさすがに口に出せなかったが、琴音さんが彼女の様子に驚いて、その後嬉しそうにしていた意味が俺には分からなかった。

ともあれ、遥姉妹のラッキースケベ的ダブルおっぱい展開があったその後、客が引いた夜遅くになって、家族全員が集まった夕食の席で、遥の家族に俺は紹介された。

実を言うと、定宿もなく職にもありつけていない俺は、遥の口利きで彼女のこの実家に、当分の間アルバイトをしながら住まわせてもらうことになったのだ。詳しい理由は後述するが、今すぐには発掘師にはなれないから、アルバイトはそれまでの繋ぎのつもりだ。

「でも、ここに住まわせてくれて本当に助かったよ。ありがとう遥」

「遠慮なんかしなくていいわよ。うちは食事処だからね。住み込みで働いてる料理人が何人かいるけど、それでも部屋は余ってるから。空みたいな居候がひとりやふたり増えたところで家計にもスペース的にも何の影響もないわ」

それはそうと、遥の家族はといえば。これがとんでもない大家族だった。店主をやっている遥の父、幸作さんとその嫁と妹、歳の離れた兄夫婦、まだ幼いその息子の幸一《こういち》君。などなど、親子五代、十一人の大家族だ。成人したり嫁いだりして家を出た遥の叔父や叔母、ヒカル爺さんの兄妹姉妹と、その家族を加えれば、人数はとんでもないことになるだろう。

「スゴイ大家族っすね」

「なにが大家族なもんか、うちは平均的な家族じゃよ。本物の大家族なら親子七代とか八代とかが同居しとるぞい」

「……マジすか」

ヒカル爺が言うことが本当なら……いや、嘘などつく理由もないか。とにかく、いくら寿命が何倍も延びたからとはいえ、俺がいた時代とは家族構成の常識を見なおす必要があるだろう。なにせ、幸一君から見れば曾々爺さん婆さんにあたるヒカル爺の両親ですら、どう見てもまだ六十代にしか見えないということも、その考えが正しいことを裏付けているのだから。

ともあれ、夜もかなり遅い時間にはじまったにぎやかな夕食だったが、和やかな会話で緊張がほぐれ、俺はいつのまにかその中に溶け込んでいた。遥は疲れが出たのだろうか、早めに夕食を切りあげて自室に戻ってしまったが。


夕食の後に連れて行かれた俺がやっかいになる部屋は、居間の横にある木の階段を上がったすぐ横にあった。

「ここが空さんのお部屋になります。自分の家だと思って、遠慮なく使ってくださいね」

案内してくれた琴音さんが、にっこりと柔らかい笑みを浮かべ、ふすまの引き戸を閉めてくれた。

案内された部屋は、六畳の畳敷きで、すでに布団が敷かれていた。入り口の反対側にガラス窓があり、そこから外をのぞくと、通りに面していることが分かる。外はもう寒いだろうから、窓を開けようとは思わなかったが、朝になれば行きかう人々や馬車を見ることになるのだろう。

広い風呂にゆったりとつかって、こたつでくつろぎ、楽しい団欒の中で夕食にありつけた俺は、布団に座った瞬間に襲ってきた睡魔にあらがうことができなかった。そのまま横になると、かけ布団をたぐり寄せるように抱き込み、眠りにいざなわれたのだった。

◇◇◇◇

遥や空が移動の疲れで食後早々に眠りについた夜、居間に残った遥の父幸作とヒカル爺、兄の竜司、それに、妹の琴音が語らっていた。

「父さん、空君はどんな感じですか？」

幸作の問いかけに、ヒカル爺は何かを思い出すように、そして嬉しそうに答える。

「ワシが言うのも何じゃが、あれはいい男じゃよ」

「じゃぁお爺さま、お姉ちゃんの様子がいつもと違うのは……」

琴音は、ハッと得心がいった表情だった。それを見たヒカル爺が口の端を上げる。

「お前にも分かるか、遥は空のことを好いとるよ。口には出さんがのぅ」

「ついに遥に春が……」

万感の想いが込み上げたかのように涙を浮かべたのは遥の父、幸作だった。彼の息子、竜司も、うんうんと涙ぐみ、父の肩をたたいている。琴音も自分のことのように喜んでいた。

「ただ、空の〝気〟の量と力は王族に匹敵しよるし、素養も人もいい。いずれは雲の上の人になるやもしれん。そうなれば、いや、ならずとも遥は苦労するじゃろう」

「なんと王族級！　それほどに……。それではゆくゆく空君は爵位を」

驚き、そして顔が強張った幸作に、竜司が諭すように語りかける。

「いいじゃないですか父さん。空君がたとえ貴族になったとしても、遥が彼を選ぶのなら」

「そうじゃのう幸作、貴族に嫁ぐのも悪いことばかりじゃないぞい」

「いや父さん、反対してるんじゃないよ、驚いただけさ。ただ、そうなるとライバルが多いと思って」

「気にすることも無かろう。貴族なら嫁の三人や四人、ふつうにおるしのぅ。問題は遥が空の心を繋ぎとめられるかどうかじゃろうて」

どうやら、彼らの中では遥が空の嫁になることが、すでに既定事項のようだった。

◇◇◇◇

遥の実家で迎えたはじめての朝。と、言ってしまえば、昨晩はこの部屋で、なにやらエロくてハッピーなイベントでも起こったのかと、勘ぐる御仁も多いかもしれない。が、しかし、そんなことはあろうはずがなかった。

実際にチュンチュンとスズメの声が聞こえているのに、一ミリたりともそんなエロ嬉しい出来事は起こっていない。実に残念なことだが、とりあえず俺は布団をたたみ、窓から外の様子をうかがうことにした。

窓を開けると、外の新鮮な空気が流れ込んでくる。しかし、季節はもうすぐ晩秋だ。吹きすさぶ寒風とまではいかないが、身を切るような冷たい風に、ブルリと体が縮み上がった。そんな寒さにも負けず、伸びをして通りを見下ろせば、そこにはすでに人が行きかい、朝のにぎわいを見せはじめていた。

「空！　朝ごはんよ」

下の方から遥の呼ぶ声が聞こえてきた。ふすま越しでもよく通る元気な声だ。エロいことをしているときには、どんな声になるんだろう？　つい、そんな不埒なことを考えてしまうあたり、俺も相当に溜まっているのかもしれない。

そんなよこしまな考えを心の奥にしまい込み、居間に下りてみると、こたつには朝食が並べられていた。そして、ヒカル爺夫婦とその親の源一郎爺さん夫婦と遥、それに、まだ眠そうな幸一君が集まっていた。そのほかの面々はすでに働き出しているらしい。というか、店にはすでに客が入っているそうだ。

「空よ、今日はこれからどうするつもりじゃ？」

いつもはお前さんとか小僧とか俺のことを呼ぶヒカル爺が、めずらしく名前で呼んできた。親の手前だからだろうか。それとも俺に気を使ってくれたのだろうか。いや、こういうときは何か裏があるに違いない。

「干物を売って身のまわりのものを揃えようかと」

「その干物なんじゃが、幸作の奴が買い取りたいと言っておったぞ。話を聞いてやってくれんか」

「そうなんですか？」

「ああ、ワシは猟師じゃからよう分からんが、けっこう出来がいいと言っておったわ。一枚七十円じゃが」

ヒカル爺の頼みごとではなかったが、息子の幸作さんからの依頼だった。しかし、干物の状態とか、相場とかよく分からない俺にとって、買い取ってくれるというその申し出は、非常にありがたいことだった。

プロ相手に交渉するなど、俺にはできそうにない。せいぜい買いたたかれて、損していたことだろう。まあ、ある程度の金が入れば、それでもいいとも思っていたが。そういうわけで、俺はその申し出をありがたく受けることにした。

干物を金に換えに行くという予定がなくなった俺は、客足が落ち着く時間まで待って、幸作さんに干物を引き渡すことにした。

「今年は干物の入荷が少なくてね。正直助かったよ」

「そうなんっすか」

幸作さんがキッチリ数えてくれたのだが、干物の数は五百を少し超えていた。

「しめて三万五千二百八十円で買い取らせてもらうよ」

「きりがいい三万五千円でいいっす」

「遠慮しなくていいんだよ」

幸作さんは、数えるときもきれいに干物を並べていたし、値段をまけろとも言ってこなかった。

「遠慮なんてしてませんって、わりと大雑把な性格なもんで。もしかして幸作さんってマメな性格ですか？」

「これでも一応商売人だからね。それに空君、ボクのことはお義父さんと呼んでいいんだからね」

「……？」

なぜお義父さんなのかこのときは分からなかった。

さておき、少しまけたとはいえ、俺が生まれた二十一世紀の価値で約三十五万円という大金だ。その金を使って、その日の午後に身のまわりのものを揃えた俺は、翌朝、発掘師協会に行ってみようと遥に声をかけた。

「発掘師協会に行きたいんだけど」

「行っても無駄よ」

「ホワイ？　どうして？　なぜ無駄なんだ？」

遥にそっけなく無駄と言われ、このときなぜか、俺はいらだちを隠せなかった。それは、期待を裏切られたと勘違いしてしまったからかもしれない。俺のいらだちを口調と表情から読み取ったのだろう、彼女は少し慌てるように補足してきた。

「ゴメンゴメン、言い方が悪かったわ。発掘師になるには試験を受けなければいけないの。その試験は春と秋に実施されるわ。今年の試験はもう終わってるから、来年の春まで待たないと試験は受けられないの」

「なるほど分かったよ。俺の方こそ変な聞き方してごめん」

「謝らなくていいわ。説明が足りなかったのはわたしのせいだし」

「でも試験を受けるにしても、説明ぐらいは聞いておきたいかな」

「わざわざ協会まで行かなくても、わたしが教えてあげるわ。勉強用の資料も持ってるし。こう見えてもわたし、発掘師の免許持ってるのよ」

遥が発掘師だったことには驚いたが、彼女の説明によると、試験は年二回、三月と九月にあって、今は十月の下旬だから次の試験は三月まで待たないといけないらしい。その試験では、おもに妖魔に対する知識や法令関係を問われ、発掘したお宝の取り扱いや税金、立ち入っていい場所や立ち入り禁止区域、妖魔への対処法などを勉強しておく必要があるそうだ。

「簡単な実技試験もあるから、教本をよく読んでおくこと。分かった？」

「もちろん。発掘師になるためなら、俺は努力を惜しまない」

強がって遥の前ではそんなことを言ってしまったが、正直なところ、また受験勉強かと、すこし嫌な気分になった。が、そこは我慢するしかないだろう。

妖魔とか法律とかまったく知らない俺が、かりに今受験したとしても、受からないことが明白なのだから。そして彼女が発掘師ならば、わざわざ協会まで行く必要はないなと納得もした。

こんな感じではじまった遥の実家での生活は、不慣れから多少のトラブルがあったものの、平穏に推移していった。俺は食堂の雑用や配膳係？　ボーイとかウェイターと呼んでもらっても構わないが、とにかくそんなアルバイトを陽が昇っている時間にこなした。そして夜には、発掘師になるための勉強をして試験までの期間を過ごした。

◇◇◇◇

年も明けた二月の中旬、受験の申し込み用紙をもらうために、発掘師協会に行くことにした。場所は遥が知っているそうなので、案内を頼んだのだが。

「ホントはあんまり行きたくないんだよね」

「なんで？」

「あんまり会いたくないヤツがいるというか、メンドクサイのがいるというか」

「場所を教えてくれるだけでもいいよ」

「いや、場所も近いし、乗り掛かった舟だし、勝手も分からないだろうから」

とは言っているものの、遥の表情は、どうにも冴えない様子だった。しかし、行くと言ってくれている以上、俺にはその申し出を断ることができなかった。


「ここよ」

遥が言っていたとおり、発掘師協会本部はそれほど遠くない所にあった。彼女の実家から南に二キロほど行ったところだ。木造の三階建てで、中に入ると一階は広めのロビーと奥に受付があった。

「よう！　久しぶりじゃねぇか遥嬢。ここに来るのは三年ぶりか？」

受付カウンターの向こう側。最奥のデスクにだらしなく座るスーツ姿の体格の良い暑苦しそうな中年男が、遥を見るなり話しかけてきた。とうの彼女は、あからさまに嫌そうな顔をしている。コイツが会いたくなかったヤツか。

「ハァ、一番会いたくないヤツが居た」

声をかけてきた男を見るなり、小声でそうつぶやいた遥に、その男が近寄ってきた。なぜだか二人はカウンター越しににらみ合っている。今にも殴り合いがはじまりそうな、恐ろしく険悪な雰囲気であり、山猿と野良ネコが総毛を逆立て、威嚇し合っているようでもあった。もちろん、下から見上げるようにしている遥が野良猫だ。

「なんでアンタがそこに居るのよ。しかもその恰好は何」

「ふんっ、出世したんだよ。お前が隠居してる間にな。お前こそ似合わねーお上品な服着やがって、どこぞのお嬢様気取りか？　あぁん」

「何が出世よ。引退の間違いじゃないの？　だいたいアンタは――」

これが遥の地なのだろうか。それともこの男に対してだけこうなってしまうのだろうか。二人のやり取りを見て、このとき俺は彼女の意外な一面を見る思いがした。あとで聞いた話なのだが、遥と言い合っている男は山岸《やまぎし》さんといい、昔彼女とチームを組んでいた発掘師らしい。

「相変わらず仲がいいな、お前ら二人は」

たがいの額がこすれ合うほどに顔を近づけ、いまだに言い合いを続けている遥と山岸さんに、カウンター右奥の部屋から出てきた老人が、あきれ顔で横やりを入れた。しかし、そのあきれ顔には、懐かしむような笑みが含まれている。

「「よくない！」」

ピタリと息を合わせ、同時に老人に振り向いた遥と山岸さんは、今にも襲い掛かってきそうな鬼の形相になっている。しかし、老人はそんな二人に動じることもなく、かえって嬉しそうにしていた。

「そんなことより、用事があるんじゃないのか？」

ハッと、忘れ物を思い出したかのように口に手を当てた遥は、とりつくろうように口調を戻して用件を話しだした。

「お久しぶりです五所川原《ごしょがわら》会長、用事があるのは彼よ」

「空といいます」

「発掘師になりたいそうよ」

遥に紹介された俺は、ロビー横のソファで山岸さんに発掘師の何たるかを聞かされることになった。薄い茶色の和服を着こなしている五所川原発掘師協会会長も、その席には同席している。

ほとんどの説明は山岸さんがしてくれたのだが。このオッサン、とにかく暑苦しいというか熱血漢で、説明を外れて発掘師の魅力とか醍醐味とかを熱く語っていた。俺も発掘というかトレジャーハントについては思うところがあるし、彼が言う魅力や醍醐味もよく理解している。が、ここまで暑苦しく他人に語ったりは……もしかしたらしていたかもしれない。

まぁ、俺のことは置いておくとして、話が逸れるたびに五所川原会長か遥の横やりが入った。

「——あらましはこんなところだ」

「じゃあ、発掘師になるには試験を受けないとダメなんですね？」

「そのとおりだ。次の試験まで半月程だ。それまでよく勉強しておくことだな。受験申し込み用紙と、法令関係の資料は受付で配布している」

遥に発掘師についてある程度聞いており、受験勉強も進んでいた俺は、山岸さんの話を、さもはじめてのように聞いていた。受け答えもそれを前提にしていたのだが、そうしないと面倒なことになりそうだと思ったのがその理由だ。どうにも俺は、こういった暑苦しい熱血漢の人は苦手なのだ。

「ああ、大事なことを忘れていた」

何かを思い出したかのように手の平に拳をおいた山岸さん。

「発掘師になるには〝気〟力百以上が必須条件だ」

「気力？」

「〝気〟の力だ――」

山岸さんによると、発掘師には二級から特級までの三段階の免許があって、いちばん下の二級発掘師になれる条件のひとつが〝気〟力百以上であり、その上の一級が二百以上、いちばん上の特級が五百以上らしい。

「――必要な〝気〟力は男も女も同じだ」

遥は俺の〝気〟について、ある程度知っているからこんな話はしなかったのだろう。

ちなみにであるが、山岸さんの〝気〟力は千二百強であり、遥のそれは千四百を超えているらしい。二人とも特級発掘師の免許持ちだった。

「それからな、一般人の平均〝気〟力は五十ほどだ。お前は発掘師になろうとしているくらいだから〝気〟力は高い方だろう。頭にくることがあっても絶対に一般人を殴ったりするなよ」

「気をつけます」

かつて遥が言っていた、『わたしもお爺さんも多い方なんだから』というのもうなずける話だ。というか、多いどころじゃないだろう。文字どおり桁違いの〝気〟力だと思う。

「そうだな、資格がないのに勉強しても無駄になるからな。今のうちに〝気〟力を測っておこう」

このとき俺には迷いが生じていた。遥が言うに、俺の〝気〟力は彼女の十倍以上。あのときは、俺が〝気〟を初めて感じたころだったから、訓練を積んだ今ではどれほど上がっていることやら。かりに俺が全力で〝気〟を振り絞ったら、騒ぎになるどころの話ではないのかもしれない。


「これが〝気〟力を測る機械だ」

別の部屋に通された俺に、その部屋の奥にあるテーブルに置かれていた二つの機械を指さし、山岸さんがそう言ってきた。左側に小さい機械。その右側にサイズを二回りほど大きくした同じような機械が並んでいる。

その機械は、まんまバネ秤のようなというか、かつて肉屋さんで見かけた、金皿の上に肉を載せて重さを測る古いタイプの重量計そのものだった。

正面には時計の針のような指針が十二時の位置をさしていて、その上に目盛と数字が刻んである。針は一本だけで大きい方の機械は、最大値が百だった。しかもご丁寧なことに、Ｋｇと単位が刻印してある。どう考えても重量計の使いまわしだ。

「この線に立って、あの皿の部分を〝気〟の力だけで押してみろ。いいか、右側の機械を全力でだ」

「これって重さを測る重量計ですよね？」

「そうだ。昔からこれで測っている――」

山岸さんによれば、左の小さい機械は〝気〟力五百まで測れる秤であり、右側の大きい方は一万まで測れるそうだ。右側から試す理由は、全力で測定した場合に、壊してしまわないようにするためらしい。

距離は十メートルほどだろうか、〝気〟を使って物を動かす場合、距離が離れているほど、急激にその力は小さくなる。実際にやってみてそれは分かっているが、問題はどの程度〝気〟を解放するかだ。あまり悩んでいる時間はない。

遥の〝気〟の強さを思い浮かべた俺は、それと同じ程度の〝気〟を解放し、力んだ表情をわざわざ作って秤の皿を押し込んだ。遥が特級発掘師の免許を持っているなら、同等とごまかせればいいと考えたからだ。

「ぬぐぐぐぅ、こ、こんなもんですかね」

針の位置は一時半、すなわち十五Ｋｇを指している。

「ほう！　千五百か」

どうやら、針が指した数字、言いかえれば押し込んだ力の百倍が〝気〟力になるらしい。が、一旦は驚きの表情を浮かべた山岸さんが、額に井型を作って睨みつけてきた。遥は視線を落とし、額に手を当てて〝やっちまった〟的な顔をしている。五所川原会長は、実に愉快そうな笑顔だった。

「おい小僧、手を抜くんじゃねぇ。全力を出せと言っただろうが。あぁん」

「あははは、なに言ってるんですか。全力に決まってるじゃないですか。冗談キツイなぁ」

「テメェ、俺をナメんじゃねぇぞ」

怒りに満ちた顔をズイと寄せ、ドスの効いた低い声色で凄んできた山岸さんに、俺は顔がひきつっている自覚があった。背中にはダバダバと冷や汗が伝っている。

「す、すみませんです！」

こうなったら仕方がない。ままよと、俺は全力で〝気〟を解放した。そして勢いよく、力のかぎり秤の皿を押し込んだ。

「！」

押し込まれた秤の皿は、ガシャリという音を立て、針は勢いよく一周して一時の位置で急停止し、ビィィィンと針先が震えている。しかも、金属製の皿が、真ん中が飛び出るようにベコリと変形してしまった。

これを見て遥はしてやったりの得意げな表情だったが、山岸さんはアゴを落として目を見ひらき、五所川原会長でさえ、その表情をひきつらせていた。

「…………」

まずいと思い、〝気〟の解放を止めたのだが、時すでに遅しのようだ。傘のように変形した皿と、最後まで戻らずに二時の位置まで戻って止まった針を見て、俺はやっちまった感いっぱいになってしまったのだった。

「あはははは、壊れちゃいましたね」

乾いた笑い声をあげ、力なくそう言った俺に、山岸さんも五所川原会長も、ギギギギと効果音が出てもおかしくないような動きで、首だけを回してきた。

「山岸さんが本気でやれって言うから」

「……」

「最低でも一万一千以上……。空と言ったか、お主どこから来た。大公国の人間じゃあるまい」

こうなってしまうことは予想できていた。嘘をついてごまかしたところで、どうせろくなことにはならない。俺は覚悟を決め、かつて遥やヒカル爺に話したように、気がついたら原始の森にいてそこで迷い、その前は豊田市に住んでいたことを説明した。

「要領を得ん説明だが信じるしかあるまい。まさかお主が始祖だったとはな。会長という立場上、大公様にはお主のことを報告せねばならん。が、このことは当分ここだけの話にしておこう。分かっておるな、山岸」

「シソ？」

「神話の時代に生きた人間のことだ――」

五所川原会長に真剣な表情で頷きかえした山岸さんが、始祖について説明してくれた。始祖とは、はるか昔の神話の時代、すなわち俺が生まれた時代に生きていた人々であり、〝気〟という異能の力が初めて発現した人々の総称らしい。

言い伝えによれば、神話の時代を生き抜いた始祖たちは、今の時代の人々が内包する〝気〟とは、桁違いに強くて多い〝気〟を持っていたそうだ。俺の〝気〟力が遥たちの十倍程度だとしても、始祖でなければ説明がつかないらしい。

「本人を前に言うことじゃないが、有能な人材は協会としても是非とも確保したい。大公様は話の分かるお人だから、真摯に説明すれば大丈夫だろう。懇意にもしてくださっているしな。そのほかの雑音は、我々が責任を持って対処するから安心してほしい」

「分かりました。ありがとうございます」

「お前に一つだけ言っておくが、いいか、試験だけは絶対に落ちるなよ」

最後に山岸さんが現実に引きもどす一言を言い放ち、俺は心を新たにして遥とともに発掘師協会を後にした。そして、遥の実家に帰り着こうとしていたとき。ハタと気づいたように彼女が俺を呼び止めた。

「ねえ空」

「なんだ？」

「言いにくいんだけど、受験申込用紙はもらってきた？」

「…………」

まんまとお約束をかましてしまった俺は、クルリと体をひるがえし、再び発掘師協会に向けてそそくさと歩きはじめた。

◇◇◇◇

和国南部、富士大公国と国境をまたぐ山岳地帯。そこは現在も、ほそぼそではあるが発掘が続けられている鉱山だった。時は深夜。その山岳地帯のふもとの、両国を結ぶ街道へと通じる道を、二頭の馬が猛スピードで駆けていた。その馬を駆る人物は、二人とも風よけのフードを深々とかぶり、闇夜に溶け込んでいる。

「藤崎、馬も疲れてきたようです。この辺りで休憩を入れましょう」

そう言って馬を止め、下馬した女がフードを下ろした。闇夜で顔はよく分からないが、凛と透き通るような声だ。

「一花様、今年も良い情報は入手できませんでしたね」

藤崎と呼ばれた男が残念そうなトーンでそう言いながら女の下に跪き、フードを下ろした。

富士大公国筆頭騎士、高科一花は毎年恒例となった私的な鉱山の調査を終え、側近の部下と二人で帰路へと就いていた。富士大公国は、大公高科陽一が功績の褒賞として和国朝廷より下賜された国だ。したがって富士大公国は、いわば和国の属国にあたることになる。一花は、その高科大公家の長女であり、大公位継承権第一位の身分にあった。

そんな一花の外出である。それがたとえ私的なものであり、一日で行ける距離であったとしても、彼女の外出には必ず護衛が随行することになっている。その決まりはまったくもって常識的なものだが、彼女にはそれを煩わしく思っている節があった。

しかも今回の場合は、訪問先の和国がたとえ宗主国であるとはいえ、国外に出ての調査だった。本来ならば、王族、それも継承権一位の王族の外出に、護衛がひとりだけというのはあり得ないことだ。

されど、一花は仰々しい護衛団を引き連れることをかたくなに拒み続けている。公式行事であればその考えを異にするが、私的な行動に関して、彼女は己の考えを改める気はなかった。それは彼女が〝公国最強の始祖〟と呼ばれるほどに、武において右に出る者がいないことに裏打ちされた、厳然たる事実があったからにほかならない。

それでも、両親や大公国の重役たちからは、毎回苦言を呈されていた。そしてそれは、今回ただひとり随行している大公国第二位の騎士、藤崎健吾も同様だった。

「今回は何事もなく終えられましたが、私としましては、随行者がひとりというのは改めて頂きたく」

「藤崎、その話は聞き飽きました。わたくしは考えを改める気はありませんよ」

上司が部下にお小言をもらっている構図、とは言っても闇夜でよく見えないが、その雰囲気に厳たるものはなかった。他人が話の意味を解することなく、何気なく目にすれば、和やかな感じさえ受けることだろう。

「ところで一花様、そのシェルターとおっしゃられましたか、大公様ご一家がお入りになられていたと言われている。そのシェルターがもうひとつあったと」

「そうです。発掘師たちにはもう二十年以上探してもらっていますが、いまだに痕跡すらつかめていません」

「不躾ですが、なぜそれほどまでに」

「藤崎には言っていませんでしたか……べつに隠すことでもないですし時間もありますから、教えましょう」

はて？　と考え込むようなそぶりを一瞬見せた一花が、遠方を見つめるように語りはじめた。

「藤崎も知っていると思いますが、わたくしたち家族が入っていたシェルターは、あの鉱山から掘り出されました。掘り当ててくれた発掘師には今でも感謝しています。ですが、シェルターはもう一つあったのです」

「はい、そこまでは存じております」

いまだに藤崎は跪いたままだ。それでも一花はかまうことなく話を続けた。それは、一花を崇拝して止まない藤崎が彼女の話を聞くとき、楽にしていいと命じてもこの姿勢を崩そうとしないからであり、ふたりきりのときは、この振る舞いが彼女に対する彼のデフォルトだからだった。

「そして、もう一つのシェルターにはわたくしの大切な人が入っているのです。今でもその人が助けを待っていると考えると……」

胸元の何かを握りしめるようにそう言った一花は、思いつめたように言葉を途切れさせた。

「ですが、一花様がそのシェルターをお探しになられて、もう二十五年ほどになると存じております。そのお方はそれでも生きておられるのでしょうか」

「絶対に生きています。いいですか藤崎、絶対にです」

一花のその言葉は、藤崎だけに向けられたものではなく、自分に言い聞かせているようでもあった。

◇◇◇◇

発掘師協会に遥とともに行った日から三日後にそれは起こった。あと一時間ほどで夜の客が引きはじめる、まだまだ忙しい時間帯だった。いつものようにアルバイトに勤しみ、あと少しで夕飯にありつけると思いはじめたころだ。

「おい、小僧。おあいそだ」

声をかけてきたのは店の最奥、六人掛けのテーブルに居座る中年の軍人だった。俺はこの男に見覚えがあった。山から下りてきたときに橋を守っていた偉そうなあの下っ端軍人だ。この男、名前を猫田といって、週一くらいの頻度で呑みに来ている。店に来る常連の軍人は何人かいるが、猫田はその中でも特に気位が高い、厄介な人種だった。

今日も猫田は夕方に現れ、指定席になっている六人掛けの大きなテーブルを、悪びれることもなく、さも当然のようにひとりで占有していた。誰もが彼との同席を望まないから、いつも一人で飲んでいる、寂しく、そして迷惑な男だ。猫田からおあいその一言が出ると、店内に安堵の雰囲気が広がるほどだった。

「はーい、ただ今参ります」

入り口近くのテーブルの食器を片付けていた俺は、早いとこお引き取り願おうと、愛想よく返事をしてレジ横に急いだ。そして、猫田のおあいそ票を手にとり、彼の元へ向かおうとしたそのとき。

「おっとっと」

酔っぱらった中年オヤジがバランスを崩し、俺に向かってよろめいてきた。その酔っ払いを受け止めきれずに、俺は抱き合うような形で尻餅をついてしまう。

「ヒック、ふぅ、すまねぇな兄ちゃん」

覆いかぶさりながら、真っ赤な顔にとろんとした目つきで、酒臭い息を吹きかけてきた酔っ払い親父を何とか立たせ、猫田のもとに急ぎ向かった俺だったが、アルコールがまわり、緩んでいた猫田の俺を見る目つきが急に鋭くなった。

「小僧、その首にかけているものは何だ」

さっきの酔っ払いに抱きつかれたとき、首から下げていた紫水晶が服の表に出ていた。普段は服の下に隠れているので、まだたぶん誰にも見られたことはなかったものだ。

「ああ、これですか？　これは紫水晶ですが」

「なぜ平民風情がそのようなものを持っている？」

「これに価値なんてありませんよ。それに、これは俺が磨いて作ったものです」

「白々しい嘘をつくな小僧。それは貴様のような下民が手にしていいものではない」

確かに、発掘師が掘り当てた宝石関係については、その全てを協会に報告しなければならないと書いてあった。しかし、俺はまだ発掘師じゃない。それに、たかが小指大の紫水晶だし、アメジストともいうが、こんなものに宝石的価値などほとんどない。こんなものを身につけているだけで、鬼の首をとったように責め立てられるなど、想定の埒外だ。

「宝玉の窃盗容疑で貴様を逮捕する。大人しくついて来い」

猫田に手首を背中の後ろに捻り上げられ、押されるように強引に店の外に俺は連れ出された。何人かの客が、俺の方をかわいそうな人を見る目で傍観していたが、せわしなく厨房で働く遥の家族や、やとわれている料理人は誰も気づいてはくれなかった。

ついて来いと言いながら、実際には手首を捻り上げられ、押されるように俺は夜道を歩かされている。

「痛いから放してくれ。逃げたりはしない」

「黙れ！」

「せめて店の人に伝えさせてくれよ」

「うるさい。黙って歩け！」

本当は痛くないのだが、なにを言おうが聞く耳持たない猫田に、俺の怒りは爆発寸前だ。しかも猫田はお代を払っていない。このまま支払わなければ食い逃げだ。もしかしたらそれを狙っているのか？　そんなことも俺の怒りを増長させていた。しかし、このとき俺は遥の一言を思い出した。

『いい？　軍人とか貴族に逆らっちゃだめだからね』

なぜ逆らったらダメなのか、詳しくは聞かなかったが、彼女があれだけ強調していたことを考えると、ここは大人しく従うしかないのか？　ここでもし俺が逃げ出したり、叩きのめしたりしたらどういうことになるのか？

俺が〝気〟を使って本気を出せば、いや、本気どころか一割の力さえ要らないような気もするが、逃げることも叩きのめすことも容易にできるだろう。猫田から伝わってくる〝気〟の量と強さは、遥と比べても十分の一程度なのだから。

しかし、怒りにまかせて安易な行動に出てしまっては、遥の忠告を無駄にしてしまうし、第一、彼女とその家族に大きな迷惑をかけるかもしれない。たぎる頭でそんなことを考えながらも、人通りも少なくなった暗い夜道を、引っ立てられるように歩いている俺は、たまに通りかかる人に、汚いものでも見るような目つきで見られていた。

遥に聞いた話だが、大公国に警察専門の組織はなく、軍人が警察権を持って兼任しているらしい。今の俺は、どう見ても軍人に捕まった犯罪人なのだから、何も知らない人から見れば、捕まったコソ泥くらいにしか思えないのだろう。

それでも、俺はなにも悪いことをしたとは思っていないし、理不尽に犯罪人扱いをされて、怒りのボルテージは上がりっぱなしだった。二月中旬という季節もあって、凍えるような冷たい夜風に晒されながら歩いているが、怒りのためにまったく寒いとは思えない。

そんな中で、まともな判断ができるわけもなく、今はただ、これ以上問題を大きくしないように大人しくしているしかないのかと、歩き続けた。

そして、一時間ほど経っただろうか、道の正面にレンガの高い壁と太い鉄柵門が見えてきた。怒りのせいでどんな道順を辿ったのか覚えてはいないが、四、五キロは歩いたはずだ。おそらくここは、街の外れにある軍施設なのだろう。

「罪人を捕えた。とりあえず留置場まで連行する」

「ハッ、お疲れ様です。軍曹殿」

猫田の肩章を確認した衛兵が片開きの鉄柵門を開け、俺はその奥に見える無機質なコンクリートの大きな建物へと連れて行かれた。そして、その建物の地下。陰気くさい雰囲気の廊下を挟んで、鉄格子で仕切られた部屋が並ぶところへと連行され、最奥の一室へと放り込まれた。どう見ても牢屋であり、完全に犯罪人扱いだ。

隣の部屋は壁で見えないが、正面と斜め前の部屋は、鉄格子越しに見ることができた。連れて来られる途中の牢屋には、何人かの罪人らしき者が投獄されていたが、この部屋から見える範囲に罪人の姿は確認できない。

「この宝玉は証拠の品として没収する。明日の取り調べでみっちり絞り上げてやるから覚悟しておけ」

鉄格子越しに、俺から奪った紫水晶のネックレスを見せつけた猫田は、どこか満足そうなしたり顔で去っていった。おおかた、俺を捕えたことを手柄にでもしようと考えているのだろう。

そう考えると、無性に腹が立ってきた。腹は立つが、今はこれからどうするかを考えなければいけない。このままおとなしく牢屋で一夜を過ごすか、それとも強引に鉄格子を破って逃げ出すか。

「ダメだ……」

あまりにも理不尽な目に遭わされたおかげで、まともに考えることができない。あのしたり顔を思い出しただけで怒りが込み上げてくる。

けれども、早計なことだけはしない方がいいだろう。一度は遭難寸前の絶体絶命の窮地に立たされ、いや倒れたのだが、それは置いといて、せっかく安定した生活を取り戻したばかりだ。怒りにまかせ、ここで爆発してしまえば、遥たちとの楽しい暮らしを奪われるばかりか、彼女たちにも大きな迷惑をかけることになるだろう。

そういえば、連行されているときも同じようなことを考えていたな。と、思い出すことができたことで、俺は冷静さを取り戻すきっかけをつかんだ。とはいっても、怒りの感情がいまだに渦巻いていることに変わりはない。ここは冷静になるんだ。猫田のクソ野郎には必ず仕返ししよう。そう思うことにして、無理やり俺は感情を抑え込んだ。

このままボーっと突っ立っているのも疲れるので、俺は腕を組んで牢屋の中央にどっかりとあぐらをかいた。

「冷《ひゃ》ぅっ！」

貼りつくような床石の冷たさが尻に伝わり、一瞬驚いたが、怒りで火照った俺の体を、少しだけクールダウンしてくれているような気がした。とはいえ、季節的にはまだまだ寒い二月中旬の真夜中だ、暖房の無い地下の牢屋で、その冷たさはしだいに耐え難いものになっていった。

もうクールダウンどころの騒ぎではない。このままでは風邪をひく。というか凍え死ぬ。そう考えてしまうところが、この時代の常識に、いまだなじみきっていないことの表れだろう。

「あっ、そうだ」

そう、よくよく考えれば〝気〟を循環させて体を温めれば、寒さはしのげるのだ。しかも、俺には常人を逸脱するほどの〝気〟が体に渦巻いている。これを使わない手はなかった。というか、完全に忘れていた。悔しいので、怒りのあまり忘れていたということにしておこう。

なんて、言い訳がましいことを考えていたら、猫田のことなんかどうでもいいとさえ思えてきた。

とりあえず俺は〝気〟を循環させて体を温め、今後のことというか、今回の件について改めて考え直すことにした。が、名案などは浮かぶはずもなく、ただ時間のみが過ぎ去っていった。

◇◇◇◇

一花が視察から宮殿に帰りついたのは、もう朝とは呼べない時間帯になっていた。藤崎は街に入ったところで別れ、彼は軍本部へと向かった。

「ただいま戻りました」

宮殿の最奥、高科一家の住居屋敷に戻った一花は、調査の結果を報告するために両親の部屋、すなわち大公夫妻の部屋へと顔を出した。しかしそこは一国を治める大公の部屋だ。部屋というにはあまりに広く、そして豪華な家具や調度品で飾り立てられている。

この部屋は宗主国である和国朝廷より下賜されたときのままであり、高科夫婦は当初、豪華すぎるというか贅沢すぎて居心地が悪いと漏らしていたが、今ではもう慣れてしまっていた。豪華なソファでくつろいでいた一花の母、希美花の見た目は、どう見てもまだ二十代半ばにしか見えない若さだった。というか、一花の姉にしか見えない。

「あら、遅かったわね。お帰りなさい、一花ちゃん。その様子だと今回も手掛かりなしだったみたいね。あっ、そうそう、さっき陽一君が探してたわよ。かなり慌ててたから、何かあったんじゃない？　今は執務室にいると思うわ」

表情のさえない一花を一目見た希美花は、事情を察したようだ。しかし、つい今しがた夫の陽一が娘を探していたことを思い出し、それを告げたのだった。

「そうですか」


元気なくそう返事した一花は、大公であり父でもある陽一の執務室へと足を運んだ。

「ただいま戻りました」

一花を見て一瞬ほっとしたような顔をした陽一は、まくしたてるように話しはじめる。

「いいか一花、落ち着いて聞くんだ、一花」

「お父様が落ち着いてください」

「これが落ち着いていられるか、いいか、ビッグニュースだ。落ち着いて聞けよ一花、ビッグニュースだ一花」

「言っていることが滅茶苦茶です。お父様」

慌てふためくようにまくしたてる陽一に、一花はあきれ果てたようにそっけなく返した。が、次の陽一の一言で、彼女も冷静ではいられなくなってしまう。

「空君らしき人物が見つかったんだ」

「なっ、なんですって！　お父様！　どこに、空お兄ちゃんはどこに！」

一花は陽一の言葉を聞くや否や、その肩をむんずとつかんで激しく揺すりたてていた。最強の始祖と呼ばれている一花の揺さぶりだ。常人が喰らえば軽く絶命しているであろうが、陽一もまた、かつて最強と呼ばれた男だった。実の娘に肩をゆすられた程度で死ぬことはない。

「分かった。分かった。話すから手を放してくれ」

しかし堪えることは堪えるようで、一花に手を放してもらった陽一はフラフラになりながら続きを話しはじめた。

「発掘師協会に空と名乗る〝気〟力一万を超える人物が訪ねてきたそうだ。住居も分かっている。あの空君以外あり得ないだろ？　一花」

「その住居とはどこです！　お父様お願い、早く教えて」

「あわてるな、一花。そこにいるのが空君だけならいいが、そうではあるまい。そんな場に我々がいきなり訪れるわけにはいかんだろう。つい今しがた使者を送った。じきに分かることだ」

「そう……ですね。取り乱して申し訳ありません」

ようやく落ち着いた一花だったが、それは表面的に取り繕っているだけだ。その本心は、場所さえ分かればすぐにでも飛んで行きたいのだ。そんなときだった。

「失礼します」

漆塗りの木の盆に、小指の先ほどの大きさの紫色の宝石がついたネックレスが載せられ、それをうやうやしく、陽一と一花の前に差し出したのは藤崎だった。

「一花様がこれと同じ宝玉をお持ちだったと記憶しております」

ネックレスを一目見た一花の表情が一変する。大きく目が見開かれ、食い入るように凝視したかと思うと。

「こっ、これをどこで！」

「空と名乗る平民が所持していたらしいのですが、今は軍本部に捕えてあるそうです」

奪い取るようにネックレスを手に取った一花が、ものすごい勢いで執務室を飛び出していった。

藤崎は片膝をついた姿勢で首だけを回し、それを呆然と見やるしかなかった。陽一は額に手を当ててあきらめ顔だ。

「藤崎、お前も早く行った方がいい。その平民を捕えた者が殺されるぞ」

◇◇◇◇

今朝の目覚めは最悪だった。いつもは遥の元気な声か、琴音さんの優しい声で起きているのに、今日はいきなり猫田に冷水を浴びせかけられたのだ。防寒対策で〝気〟を巡らせていたからよかったものの、そうでなければ風邪っぴき確定だろう。バケツ片手に嫌らしい笑みを浮かべている猫田が、憎たらしいことこの上ない。

その後俺は猫田に放り込まれた牢屋の奥で木製のチープな椅子に座らされ、その背もたれごしにずぶ濡れの状態で後ろ手に縛られている。こんなロープなら少し力を入れれば、簡単に引きちぎることもできるが、この状況になっても俺は遥の言いつけをかたくなに守っていた。それすなわち、軍人には逆らわないこと。

凍てつくような冷たさの牢屋の石の床で明かした一夜。とは言っても〝気〟を循環させて体を温めていたので体調は悪くない。そんななかで俺は、睡魔に襲われ意識が遠のくまで考え抜き、そして出した結論が、遥の言いつけを守ることだった。

今は耐えろ、何があってもどうされても、命に危機が及ばないかぎり耐え抜け。そうすることが遥とその家族のためになる。そう考えた。

「軍曹、尋問は我が隊の係の者がやります」

「軍規には、賊を捕えた者は、その概要を把握し、速やかに上官に報告すること、とある。昼までには報告を入れなくてはならない。もうあまり時間がないのだ、貴様は出しゃばるな」

俺を椅子に座らせ、後ろ手に縛ったもう一人の男にとって、猫田は直接の上官ではないようだが、階級と軍規には逆らえないのだろう。猫田のセリフからするに、もう朝とは呼べない時間なのかもしれない。

「この前みたいにやり過ぎないでくださいよ」

「貴様は口を出すな！　おい、小僧、確か空といったな。あの宝玉はどこで手に入れた？」

もう一人の男のなにやら物騒な忠告ではじまった尋問は、なるほどその通り、分かりやすく暴力的なものだった。イスに縛りつけて身動きを封じた上で、容赦なく殴りつけてくるのだ。

しかも、俺の答えを聞く前にいきなり顔面をである。答える暇さえ与えないとはこの男、ただのドSなのだろうか？　相手がそう来るなら徹底抗戦だ。俺はもう何も答えてやるものかと黙秘を貫くことにした。黙秘するだけなら、逆らっていることにはならないだろう。

誰しもこんな状況に巻き込まれれば、不安になり、まともな状況判断などできなくなると俺は思う。しかしこのとき俺は、恐ろしく冷静に置かれた状況を把握することができていた。理不尽に殴られ、はらわたが煮えくり返っていることが、不安を吹き飛ばす要因になっているのかもしれない。

さらに、俺が〝気〟による強化を使っていて、猫田程度の相手なら絶対の安全が確約されていることも、冷静さを保てている一因だろう。別に強がっているわけではないが、何発殴られても痛くも痒くもないことは事実だし、いざとなれば逃げ出すことも可能だ。

しかし、猫田の殴打は痛くも痒くもないが、わずらわしいことには変わりなかった。どの程度わずらわしいかといえば、それは夜寝ているときに払っても払っても近づいてくる、蚊の羽ばたく音に似ていると言えば分かりやすいだろう。あの、プーンとくるアレと同じだ。

一方、殴りつけてくる猫田はといえば、俺が〝気〟で防御しているのは分かっているようだった。さらに、俺のことをただの平民だと思っていたのだろう。はじめは手加減している感じだったが、奴の拳から伝わってくる〝気〟が徐々に強くなっていることを俺は感じ取っていた。

「貴様も強情な奴だ」

強情も何も、口を開く間も与えずに殴りつけてきやがる。そんな理不尽極まりないことを鼻息荒く言ってのける猫田に、このとき俺は『あぁ、この男、真正のSだな。それも相手を痛めつけている自分に酔ってやがる』と、思っていた。

現に、猫田の両拳からは血が滴っているのに、恍惚の表情を浮かべていやがる。当然滴っているのは、俺のものではなくヤツの血だ。興奮によって異常なほどまでにアドレナリンが放出され、痛覚がマヒしてしまっているのだろう。

猫田が、椅子に縛り付けられて一見身動きできない俺を、一方的に殴り続けるという尋問とはとても呼べない拷問行為をはじめてから、もうずいぶん経つ。何度でも言うが、その間俺は奴の拳に合わせて〝気〟で顔面を硬化し、強化していた。それも、あの山猿の頭を吹き飛ばしたレベルで。

その結果が猫田の両拳から滴り落ちる血に繋がっているのだが、当の猫田はその血が俺のものとでも思っているのだろう。

気色の悪い話だが、いまだに痛みを感じていないということは、もしかしたら奴は性的な興奮を覚えているのかもしれない。奴はモーホーなのだろうか。いや、絶対にそうだ。モーホーの変態ドSなど、身の毛もよだつ最悪の相手だ。

猫田の見た目は割と細身の油顔でもない中年オヤジなのだが、モーホーの変態野郎といえば、筋肉ムキムキのイカした暑苦しいナイスGUYを想像していただけに、人を見た目で判断してはダメなんだなと、このとき俺は思った。

「これほどまでに楽しませてくれる奴はお前がはじめてだ。しかし、これからはもっと楽しくなるぞ」

恍惚の笑みを浮かべてそう言った猫田が、再び俺を殴りはじめた。楽しませてくれるとは随分な言いようだが、これではっきりした。変態ドSモーホー説は確定だ。これから昼まで、この鬱陶《うっとう》しく気持ち悪い時間が続くのかと思うと反吐が出そうだった。

そう思いはじめたときだった。何かが破壊されるような轟音が遠くで響いたかと思えば、その数瞬後に長い黒髪をなびかせた一人の女が、駆け込むように現れた。殴られているので視界がぶれて良く分からないが、まだ年若い女のようで、腰には刀を提げ、軍服だろうか襟章の付いた白い女物のスーツ？　のようなものを着ていた。下は短い同色のスカートだ。

牢の外に立っていた軍人は、現れたその女を確認するや、慌てて片膝をつき、胸に握りしめた片手を当てて頭を下げた。おそらく、相当に位が高い女なのだろう。殴られながらも猫田ごしに視線を固定してよく見れば、とびきりの美少女だった。

そして驚いたことに、あれだけの音だったというのに、俺を殴ることに酔いしれている猫田は気づいていないようだ。

女は鉄格子のトビラを両手でつかみ、食い入るように俺の方を見ている。そして、一瞬喜色を浮かべたかと思えば、それは鬼のような形相に変わり、ガチガチと鉄格子が音を立てはじめた。

「……ぃちゃんに、お兄ちゃんに！　手を！　出すなー！」

女は、絶叫とも呼べる甲高い叫びとともに、鉄格子の扉を力づくで破壊し、後ろに放り投げた。興奮状態にあった猫田も、さすがにこれには気づいたようで、表情は読み取れなかったが、後方すなわち女の方に首だけを回した。

お兄ちゃんという言葉は俺に向けて言われたような気がする。というか、この牢屋には俺と猫田しかいないし、手を出されているのは俺だ。奴に妹がいる可能性が無いわけではないが、彼女の言動からそれはないだろう。

彼女からは何か懐かしい感じもするが、それは置いておくにしてもお兄ちゃんは俺以外あり得ないだろう。

俺にあんなに大きな妹がいた記憶は無い。というか、妹自体いた記憶すらない。なぜ俺があの美少女のお兄ちゃんなのか？　どんな経緯でこんな展開になったのか？　まったく分からない。俺はただただ成り行きを見守ることしかできなくなっていた。

そんな俺に構うことなく、鬼の形相でツカツカと歩み寄った女は、猫田の奥襟をつかむや否や、そのまま後方に、それはもうゴミ屑のようにヤツを放り投げた。

弾丸のように投げ飛ばされた猫田は、トビラの無くなった横の鉄格子に両足をぶつけて変形させると、そのまま廊下を飛び越えて向かいの鉄格子にぶつかり、その鉄格子ごと向かいの牢屋の奥の壁に激突していた。

あれでは、すでに生きていないだろうと思えるほどの惨劇だった。そんな猫田に気をとられていた俺に、女がすがりついてきた。そして、驚愕の一言を言い放つ。

「空お兄ちゃん」

椅子に座った俺の前に膝をつき、見上げてきた女の顔はすでに涙でくずれ、ぐちゃぐちゃになっていた。俺は状況を追うだけになっていた思考のギアを切りかえ、フル回転させる。目の前の美少女は、面識すらないはずなのに俺の名前を知っていた。いや、面識がないということはないのだろう。俺が覚えていないだけで。

そしてこの呼び方。俺には一人だけ、その呼び方をする人物に心当たりがあった。しかし、歳が違いすぎる。いや、俺がこの時代に来てしまった原因を考えると歳は関係ない。

「もしかしないでも一花ちゃん？」

「うん」

やっぱりだ。顔は涙でぐちゃぐちゃだが、俺に見せてくれた嬉しそうな笑顔は、どことなくあのころの面影があるようにも見える。この美少女が、あの一花ちゃんなのは間違いないだろう。

こうなってしまえば、軍に捕まっていることなどもうどうでもいい。俺は後ろ手に縛られていたロープを軽く引きちぎり、自由になった右手で一花ちゃんの頭を昔のように撫でていた。

涙で濡らした顔を嬉しそうに俺に向け、されるがままに撫でられている彼女には、確かに小さいころの面影が残っている。大き目の瞳に少し小さめの鼻、ぷっくり気味の可愛らしい唇はあのころのままだ。改めて思うが、一花ちゃんは飛びきりの美少女に成長を遂げていた。ひとしきり撫でられていた一花ちゃんが、心配するように俺の頬に手を伸ばしてきた。

「空お兄ちゃん血が出てる。あんなヒドイことされて痛かったよね」

「大丈夫、俺の血じゃないから。それに痛くはなかったよ」

「ゴメンね。今まで見つけてあげられなくて」

そう言った一花ちゃんは、我慢できなくなったのだろう、再びえずくように泣きじゃくりはじめた。それにしてもと俺は思う。紫水晶のネックレスごときで軍に拘束され、変態ドSのモーホー野郎に拷問を受けるというツイていないというか、理不尽極まりない展開のさなか。思いもよらぬ形で成長した一花ちゃんに再会し、俺は窮地を脱していた。

いや、まだ脱したとは言い切れないかもしれないが、この状況を考えるに、脱したと言っても過言ではないだろう。こんな劇的な展開がはたしてあるものだろうか。どうせならもっと穏やかなというか、普通の再会を果たしたかったが、なにより、こうして一花ちゃんに再会できたことが俺は嬉しかった。

「一花ちゃんのせいじゃないよ。それよりも涙をぬぐって。一花ちゃんに涙は似合わない」

「うん、空お兄ちゃん」

そう言って手の甲で涙をぬぐった一花ちゃんが立ち上がった。俺もつられてイスから立ち上がる。シェルターの前でこの前会ったときは、俺の腰のあたりまでしかなかった彼女の身長が、今では少し見下ろすだけで顔が見れるようになっていた。きっと、俺より十年くらい早くシェルターを出たのだろう。

「大きくなったね。一花ちゃん」

「あたりまえです。あれから三十年も経っているのですよ」

「そんなに……」

少しむくれぎみにしている一花ちゃんの見た目は、どう見ても十六、七だ。あれから三十年というのは一花ちゃんがシェルターを出てからの時間だろう。そうだったとしても三十年というのは驚きだが、〝気〟の影響で寿命が延びた今の時代ならそれもありか、と、俺は無理やり納得することにした。

それはそうと、表面上は冷静さを装っているが、あまりに急展開過ぎて、俺の頭はいまだに情けない悲鳴をあげている状態だった。しかも、陽一さんや奥さんの希美花さんのこととか、気になることがありすぎて何から喋っていいのか迷っているところに、ひとりの軍人だろうか、色は藍色だが一花ちゃんの上着と同じような服を着た短髪の男が現れた。見た目は三十前後、この時代なら百歳過ぎといったところか。顔かたちは非常に整っており、シャープなイケメンさんだ。やっかみではないが、さぞ女にはおモテになることだろう。

さておき、その男は俺に向き合っている一花ちゃんの少し後ろ、今は無くなった牢屋の入り口で片膝をついて胸に手を当て、頭を下げた。その脇で同じポーズをとっている俺をイスに縛りつけた男は、顔面蒼白になってガチガチと震えているのが分かった。

「その御仁が一花様のお探し人で？」

「そうです。ようやく逢うことができました。藤崎、戻ります。車の用意をなさい。それから、彼に合う服を」

「ハッ」

俺に対したときとは別人のような威厳ある口調で、車を用意するようにと言った一花ちゃんは、その間もまったく彼の顔を見ることなく、その視線を俺に投げかけていた。一花ちゃんに藤崎と呼ばれた男は、向かいの牢屋で伸びている猫田には、一瞥をくれただけで走り去っていった。

その男が去ったあと、なにげなくその向こうに視線を向けてみれば、グニャグニャに曲がった向かいの牢屋の鉄格子がその奥の壁にもたれかかり、その曲がった鉄格子に両腕を絡み取られたように猫田がぶら下がっていた。

「ヤバいんじゃないアレ……大丈夫なのか？」

俺の感覚では、あれはどう見ても死んでいるか瀕死の重傷だろうに、藤崎さんは一瞥をくれただけで構おうともしなかった。

あの態度からすると、彼にとって一花ちゃんの命令はそれほどに重要であり、また、彼女があの男よりも高い身分にいることだけは理解できた。

しかも、俺を椅子に縛りつけた男の震えようからすれば、一花ちゃんがかなり大きな権力を持っていることも想像できた。俺の時間がシェルターの中で止まっている間、いったい彼女はどんな人生を歩んできたのだろうか。聞きたいことは山のようにあるが、今はこの場所を一刻も早く去りたかった。

「俺はここから出ていいんだよね？」

「もちろんです。でもその前に服を着替えましょう。びしょ濡れです」

そう言って俺の腕をとり、恋人のように寄り添って歩きはじめた一花ちゃんだったが、はて？

今の一花ちゃんは、俺と別れて三十年も経つというのに、どうしてこれほどまでに俺のことを慕ってくれているのだろうか？　どうして三十年経った今でも、俺の顔を覚えていたのだろうか？

自慢じゃないが、俺は七歳のころの記憶などかけらも残っちゃいないし、そのころに会った人の顔などとっくに忘れている。という疑問点は、とりあえず横に置いておくことにした。

「あそこで伸びている男はあのままほっといていいの？」

「あたりまえです。空お兄ちゃんにあんなヒドイことしたのですから」

「でも死んじゃうよ？」

「べつに構いません。それに、あの程度で死ぬようなヤワな人間は大公国軍にはいません。あの男にはこのあと、犯した罪にふさわしい罰を与えますが」

「そっか」

今の一花ちゃんに猫田の話題を出したのは失敗だったのかもしれない。その途端、幸せそうに俺に寄り添って歩く彼女の表情に、怒りが見て取れたのだから。本心を言えば、ヤツに殴られているときは、そのあまりのうっとおしさと理不尽さと気持ち悪さから、猫田には今すぐ死んでほしいとさえ思っていた。しかし、現実にこの悲惨な姿を見た今となっては、あの憎たらしい猫田が哀れにさえ思えてきた。

この時代の人々が、人の死に対してどういった倫理観を共有しているのかは、まだあまり分からない。しかし人の死に対して、俺はまだ元いた時代の倫理感を引きずっていることは間違いないだろう。

まるで、猫田がすでに亡き人のような言い方をしているが、一花ちゃん曰くあの程度で軍人は死なないらしいので、この話が彼の死亡フラグにならないことを、俺は少しだけ、ほんの少しだけ心の片隅で合掌して祈った。

そして俺は、真新しい濃紺のスーツを着せられて、ようやく軍施設を出ることができたのだが、思い返してみれば、一花ちゃんに対する軍人たちの態度が、異様なまでに恭《うやうや》しく、近づくことすら許されない、まるで生き神を崇めるかのようなものだったのには驚かされた。

「一花ちゃん、アレは放っといていいの？」

「構いません。空お兄ちゃんにあんなヒドイことしたのは彼らの不手際ですから」

この施設の責任者だろうか、不手際を詫びる意味もあるのだろうが、偉そうなオッサンが終始無言の土下座状態で、額を廊下に貼りつけていた。一花ちゃんは、そんな責任者と思われる男を、しかも見た目五十過ぎの、威厳のありそうな格好をした軍人の土下座を、さも当然のように一瞥しただけで通り過ぎた。

「でもさ一花ちゃん。みんなの前でこの格好はマズいよ」

「私がこうしたいからいいんです。それとも、空お兄ちゃんは私にこうされるのは嫌？」

困ったような、そしてすがるような瞳で見上げてきた一花ちゃんに、俺はノックアウトされそうになった。カワイイよ一花ちゃん。可愛すぎる。

「いっ、イヤなんてことはないけどさ、っていうか嬉しいけどさ。すこしハズいかな」

「よかった」

俺の答えを聞いて笑みを浮かべた彼女の横というか、左腕を抱えるようにとられて、どう見ても幸せ真っ盛りのカップルのように寄り添って歩いていた俺は、態度にこそ出さなかったが、あまりの場違いさというか居心地の悪さに恐縮しきりだった。

この状況から察するに、彼女の身分か階級が、よほどやんごとなき地位にあることは間違いないだろう。

訳が分からない理由で問答無用に大公国軍の牢に投獄され、尋問という名の拷問を受けていた俺は、こうして見目麗しい美少女に成長していた一花ちゃんに助け出された。その後、紫水晶のネックレスも返してもらい、軍施設を黒塗りのリムジン？　で後にしたのだが……。

一花ちゃんが現れてからの俺はといえば、それはもう戸惑いの連続だった。一番驚いたのは、もちろん彼女が見目麗しい美少女に成長していたことだ。彼女が軍の中でどういった地位にいるのかはまだ聞いていないが、まさに生き神のごとく敬われており、その一花ちゃんに寄り添われるように歩く俺まで、偉くなったのかと勘違いしてしまいそうになったほどだ。

そんな一花ちゃんとともに出た施設というか建物の前には、まるで旅館の団体さん見送りのように軍人さんたちが整列しており、黒塗りのリムジンに乗り込むまで、俺たちは着ているものを含めて、どこぞの新婚さんかと勘違いされてもおかしくないようなシチュエーションを味わうことになった。

横で幸せそうに寄り添っている一花ちゃんを見れば、俺まで勘違いしてしまいそうになる。まぁ、悪くない気分だったのは否定しないが。

「でもこの車、外見も内装もスゴイのに、この音はなんか変な感じがするよ」

「この時代では仕方がないことなの。これでも一級品を使ってるのよ」

「そうなんだ……」

今乗せられている黒塗りの大きな車。さっきはリムジンと表現してしまったが、外見や内装はまさにリムジンそのものだった。しかし、このエンジン音だけはそれを否定していた。いや、否定していたというか、機能や造りはリムジンだから間違ってはいないのだが、どう聞いても単気筒で、車としては低排気量のチープなこのエンジン音が邪魔をして、俺の記憶にあるリムジンに乗っているという気にはなれなかった。

そもそも、リムジンにするほどの高級車に乗り込んで、エンジン音が聞こえてくるというのも違和感ありまくりだ。それでも、この時代にというか大公国に来て見た車の中では、ダントツにちゃんとした車なのだが。

車の話はこの程度にして、一花ちゃんの住まいに向かう道すがら、俺は彼女の質問攻めに会っていた。おかげて、どこをどう通ってきたのかすらも分からなかった。そもそも、車内から外が見えないので、当たり前のことなのだが。

「良かった。陽一さんも希美花さんも健在なんだ」

「ええ、見たらビックリするわよ。それに弟と妹が二人ずつできたんだから。今日はたぶん会えないけど、いつか紹介するね。それから――」

驚いたことに、一花ちゃんにはさらに腹違いの弟や妹も何人かいるらしい。ということは、希美花さん以外にも奥さんがいることになり、陽一さんがかなりの身分であることは疑いようがなかった。と、俺が聞き出せたのはここまでであり、その後はずっと一花ちゃんの質問攻めにあっていた。言い忘れたが、彼女の口調も二人きりになった途端に甘えるようなものに変わっている。

「――それで、空お兄ちゃんは発掘師になりたいの？」

「そのつもりだよ」

「そっか……いや、なんでもないわ」

伏し目がちにそう言った一花ちゃんは、何か想いを飲み込むように自分に言い聞かせているようだった。もしかしたら、軍に入隊してほしかったのだろうか。

「それでね、空お兄ちゃんは今の私を見てどう思ったの？」

ようやく質問攻めが終わったと思ったのだが、それはまやかしだったようだ。しかも、女性と親密な付き合いをしたことがないＤＴな俺は、この問いかけにどういう態度で接すればいいか分からなかった。

運転席と俺たちのいる空間は完全に隔離されており、車中には俺と一花ちゃんだけの空間ができあがっている。ゆったりとした車内空間は、入り口のドア部分を囲むようにソファが配置されており、俺と一花ちゃんは車内後部のもっともくつろげる位置に並んで座っていた。

そんな、恋人どうしのベッタベタな関係にあるカップルならば理想的なこの空間も、今の俺には、なんと言ったらいいか……。そう、針のむしろに正座させられているような、まさにそんな感じのいたたまれなさを感じていた。女にもてて甲斐性のある奴には、決して理解できないだろう感情だ。

もちろん俺も性春真っ盛りで、やりたい盛りで、つねに頭の片隅にはそっち方面の煩悩がうごめいている。しかもとなりに、こんな美人でうら若き乙女が寄り添っているのだから、きっかけさえつかめればエロい関係になりたいというのが正直な思いだ。

しかし、それとこれとは話が別で、面と向かって美人にあんなことを問われれば、その答えに窮するのはお分かり頂けるだろうか。

「どうしたの？　空お兄ちゃん顔が真っ赤だよ」

「…………」

そう言ってふいに顔を近づけてきた一花ちゃんに、思わず俺は反応してしまった。そして、心情の一部を吐露しそうになる。

「い、いや、一花ちゃんがあまりにもエr、い、いや、き、綺麗になってたから……」

しかしその瞬間、一花ちゃんは両手で開いた口を隠すように覆ったかと思うと、大きく見開かれた瞳からは、涙があふれ出てきた。俺の言葉が嬉しかったのだろうか？　それとも、何かマズイことでも言ってしまったのだろうか？

そういえば、以前山小屋で遥とも似たような状況に陥ったような気がする。あのときは確か、俺は何もアクションを起こすことができずに、ただ後悔しただけだったような気がしてならない。

ここは考えどきだ。ここで反応を間違えれば、また後悔することにならないだろうか？　あのときの後悔とは何か？　言うまでもない。遥との親密でエロい関係だ。しかし、遥との関係はいまだ崩れているとは言い難い。進展していないだけで、比較的良好な関係を築けているという自負はある。いやいや違う。今は遥との関係をどうこう考えている場合ではない。目の前の状況に集中するんだ。

一花ちゃんは今、理由はどうあれ瞳に涙をためて俺を見つめている。俺は一花ちゃんとどうなりたい？　恋人になりたいのか？　エロい関係になりたいのか？　決まっている。その両方だ。こんなにかわいくて美人な恋人がいたら最高に決まっている。もう、小さいころのおませな一花ちゃんではないのだ。ロリとさげすまれることもない。

いやまてまて、そうなったら遥との関係はどうなる？　遥との関係を捨てるのか？　どっちも嫌だ。それが俺の正直な欲望、もとい、願望だった。ならどうすればいい？

「…………」

分からない。


考え込んでいるうちに、無情にも車は目的地に到着し、外側からドアが開けられた。結局俺はあのときと同じように、一花ちゃんに何もしてあげることができなかった。このとき俺は、目の前で大魚を逃がした漁師ような、どうしようもない喪失感を味わっていた。

「着いたわ」

白いハンカチで涙をぬぐった一花ちゃんが、そう言って笑顔を見せた。せめて、小洒落た台詞の一つでも言ってあげればよかったのだろうか？　心配する素振りでも見せればよかったのだろうか？　再会したときのように頭を撫でればよかったのだろうか？　後悔の念ばかりが頭をよぎる。

「空お兄ちゃん？」

後悔の深い海に沈みかけていた俺を、一花ちゃんが引き戻した。

「早く降りましょう。お父様とお母様がきっと待っているわ」

一花ちゃんが手を引いて車を降りようとしたので、このときばかりはさすがに俺もマズイという危機感に突き動かされた。レディにエスコートされるなど、男としての名折れだ。こういった大義名分さえあれば、俺でもいっぱしの紳士的行動はとれるのだ。大義名分さえあれば。

「あ、ありがとう。空お兄ちゃん」

慌てて先に車を降りた俺は、周りの状況を確認するより先に一花ちゃんの手を取っていた。

その動きは、慌てていたせいもあり、優雅にとまではいかなかったと思うが、エスコートはできていたはず。一花ちゃんは嬉しそうにはにかみながら手を取られて車を降りていたから、俺の行動は間違ってはいないはずだ。そしてこのとき、彼女の笑顔を見て安心した俺には、ようやく周りを見る心のゆとりが生まれていた。車のドアに手を掛けた男は、恭しくもスマートに頭を下げており、微動だにしない。

「す、凄い家だね。それにこの庭も……」

「すべてお父さまと民たちのおかげです」

どこかの巨大な公園にでもあるような、噴水つきの丸い泉。その前に車が停められていた。噴水の向こうに見える正門までの距離もかなりあり、鮮明には見ることができない。

噴水周りの白く調和のとれた石畳の道を大きく取り囲むように、巨大なコの字型をした三階建ての威厳ある木造家屋が立ちかまえていた。事前情報なしにこの建物を見れば、由緒正しい老舗の大規模な超高級旅館とか大料亭とか、何とか会館とか何とか記念ホールとか言われても信じることだろう。とても一家族の住まう家だとは思えなかった。しかも玄関前からは、使用人だろうか、黒いスーツで決めた男とメイドらしき服にエプロンをした女とが左右に別れて列を作り、頭を下げていた。

「さあ、参りましょう」

あまりの豪邸に呆気にとられていた俺の腕を一花ちゃんがとった。俺の左腕に右腕を絡め、寄り添った格好だ。

「お、おう」

表面だけを見れば俺が一花ちゃんをエスコートしてるように見えるのだろうが、その実は彼女が俺に寄り添いながら誘導しているのだ。その前を藤崎さんが先導しているが。

玄関をくぐり建物の中に入ると、洋風とも和風ともとれる造りであり、廊下は大理石で土足のまだが、空いている部屋などを見れば、土足の部屋だったり畳敷きの部屋だったりと、用途に応じて使い分けているようだった。外見からもある程度想像できたが、部屋数は数えるのも嫌になるくらい多く、広い中央の廊下にはところどころに仕事中の使用人が頭を下げていた。

中央の廊下を進み、最奥の大きな扉を藤崎さんが開け、俺たちはその向こうに出た。どうやら、一花ちゃんの本当の住まいは通り抜けてきた建物の奥にあるようだ。

「では、私は執務室に戻ります」

「ご苦労様、藤崎」

藤崎さんの先導はここまでのようだ。扉の向こうは一旦和風の松などが植えられた中庭のような場所に出て、その奥に外見は和風で大きな平屋の屋敷が佇んでいた。

そしてようやく屋敷の中に入ったわけだが、中は土足ではなく、俺は玄関で靴を脱いだ。一花ちゃんも組んでいた腕をほどき靴を脱いでいる。脱いだ靴は、藍色の和服を身に纏った、仲居さんとか女中さんを上品にしたような若い女の人が片付けてくれた。一花ちゃんが俺を案内するように少し進んで振り向いた。

「ようこそ我が家へ」

一花ちゃんに案内されて通された部屋は、ふかふかの絨毯が敷き詰められたホテルのロビーと言われてもおかしくないほどのリビングだった。和風な屋敷の外見からは想像もできない豪華なリビングであり、そして広かった。

「おかえりなさい一花ちゃん。そしてお久しぶりね、空君。無事で良かったわぁ」

出迎えてくれたのは一花ちゃんの母、希美花さんだった。希美花さんはゆったりとした薄い黄色のワンピースに、白いレースのショールをまとっていた。髪型はあのころと変わらないショートボブだ。

希美花さんと最後に会ったのは俺の時間で半年前、シェルターに入る直前だった。一花ちゃんに健在だと聞いていて、会えることは想像できていたので、それほど驚くことはないだろうと思っていた。が、今目の前にいる希美花さんは、俺の感覚ではこの前会ったときからまったく歳をとっていなかったのには驚いた。

いや、歳をとっていないどころではない。若返っているようにさえ見えた。どう見たってまだ二十代の前半だろ……。

「どうしたの？　空君」

「お、お久しぶりです希美花さん。いや、希美花さんが全然変わっていなかったから驚いて……まるで姉妹のようです」

「まあ、お上手ね、空君。嬉しいわぁ」

これは決してお世辞などではない。俺の本心から出た言葉だった。一花ちゃんは希美花さんを見て誇らしそうにしていた。モジモジとしたそぶりで恥ずかしそうに喜んでいる希美花さんは、目元などが一花ちゃんとそっくりで、どこからどう見ても二人は姉妹にしか見えなかった。ということは陽一さんも……。なんてことを想像していると、もう一人の会いたかった人物も顔を出した。

「やはり空君だったか、本当に無事で良かった。心配していたんだよ」

「陽一さん……お久しぶりです」

久しぶりに見た陽一さんも、やはりあのときからまったく歳をとっていないようだった。この前シェルターの前で会ったときは、ぼさぼさ頭にラフなポロシャツ姿だったのに、今では上品な黒いスーツを身につけ、髪を上げていて、やけに小綺麗になっている。そのためだろうか、陽一さんも二十代後半くらいに若返っているように見えた。こうやって高科一家の三人を見比べてみれば、一花ちゃんだけが成長したように思える。そのなかで、突然陽一さんが頭を下げてきた。

「空君には本当に悪いことをしたと思っている。この通りだ、済まなかった」

「えっ？　何のことですか」

俺にはなぜ陽一さんが謝るのか分からなかった。突然真面目な顔になって謝ってきた陽一さんは、しばらく黙って頭を下げたあと、その理由を話しはじめた。

「空君には無理言ってモニターになってもらっただろ」

「はい。でも、あれは俺にも願ったりかなったりのバイトだったし」

「確かにそうだったかもしれない。しかし、あのシェルターに入ってしまった事で、空君からあの時代の人生や家族や友人たちを奪ってしまった事になるんだ。空君も今があのころからだいぶ先の未来だということは知っているだろ？」

「はい。でも、あのときシェルターに入らなかったらどうなっていたか分からないわけで、死んでいたかもしれないし」

俺に陽一さんを責めようという気持ちはまったくなかった。それどころか、モニターのバイトに誘ってくれて感謝しているくらいだ。今でもその気持ちは変わらないし、これからも変わらないと思う。

「確かに空君の言う通りかもしれない。けどね、君からたくさんの大事なものを奪ってしまった事には変わりないんだ。その責任は取らないといけないと思っている」

「責任だなんて、陽一さんが悪いわけじゃ……」

「大人としてのけじめだよ、空君。それに、今では僕もそれなりの責任ある立場になってしまったからね。何もしないなんてことはできないんだ」

「あの、聞きにくいんですけど、陽一さんの立場って……」

「一花から聞かなかったのかい。これでも一応、この国の長をやっているんだ」

「………」

陽一さんが高い身分だということは、一花ちゃんに接する人々やこの屋敷を見て想像していたが、まさか大公国の頂点にまでなっていたとは。ってことなにか？　ようするに王様ってことか？　この国は大公国だから大公様ってことなのか？

「えっ⁉　えーーーっ！」

「その間といい、驚き方といい、空君は相変わらずいいリアクションするねぇ」

「じゃ、じゃあアレですよ。希美花さんは王妃様で、一花ちゃんはお姫様になるんでございますか？」

「あははは、空君そんな喋り方しなくていいよ、普通にね。まあ一応、彼女たちは大公妃と大公女と呼ばれてるけど全然気にしなくてＯＫだから。さぁ、座って座って、楽にしていいから。というか、いつも通りにしてくれないとお兄さん困るから」

陽一さんはお気楽に笑って、リビングの中央にある、丸いふかふかの白い毛皮のようなものが敷かれた場所を指し示した。昔と同じように、俺に対しては今でもよき兄貴分でいたいらしい。

陽一さんがリビングの奥側に座り、手招きする。その横に希美花さんが座って、足を流すように崩した。一花ちゃんには、リビングに着いてから、ずっと見つめられているのだが、その視線をそのままに俺を誘導し、陽一さんの正面に腰を下ろした。

「空お兄ちゃん」

そして一花ちゃんに促されるままに、その横にあぐらをかいたのだが、俺の心中はそれどころではなかった。俺と一花ちゃんが恋人みたいに手を組んで歩いているところを、一部の軍人と、この家のというか大公家の使用人くらいだろうが、それでもかなり大勢の人に見られている。

ということは、俺が彼、彼女らにどう見られていたのか？　どう思われたのか？　大公女をたぶらかした不届き者？　それとも大公女の恋人？　婚約者？　いずれにしても、悪目立ちにもほどがあるだろう。高科一家が貴族だとか大金持ちとかだったらそれほど気にする必要はないと思うが、国の頂点となれば話が変わってくる。

　人の口に戸は立てられない。その噂《うわさ》は確実に広がるんじゃないだろうか。それもかなりの短時間で。今後俺はどうなってしまうのだろうか。

「どうしたんだい？　何か心配事でも？」

「あ、あぁ、何でもありません。こっちの話です」

「それはそうと、空君がシェルターから出てから今までのことを教えてくれないかい？　もちろん僕たちのこととか、この国のこととかも教えよう。空君も聞きたいよね？」

　一花ちゃんと俺の噂が広まることも気になるが、それ以上に気になっていたこと。つまり、今陽一さんが言った内容は、俺が常々知りたいと思っていたことだった。

　遥やヒカル爺から大公国のあらましなどは聞いていたが、日本は何があってどうなってしまったのかとか、身分制度のこととか、大公国の地理的な位置とか、気になっていたことは山ほどある。それに、陽一さんたちが辿った歴史とかも聞きたいし、紫水晶ごときで捕まった理由も知りたい。

　さらに、一花ちゃんがなぜ俺にここまでべったりなのかも、その理由を知りたいところだ。本人を前にしては聞きにくいが。たぶん今日一日じゃ全てを聞ききれないだろう。でも、聞けるだけは聞いておきたい。

「は、はい。もちろんです」

「ちょうど昼時だ、昼食をとりながらじっくり情報交換といこうか」

「そうですね。俺も腹が減ってますし」

「こっちだ、付いてきなさい」

そう言って陽一さんが立ち上がったとき、灰色の和服を着た使用人らしき中年の女の人が、そそくさと彼のもとに近寄り、耳打ちした。陽一さんはうんうんと、それにうなずいている。

「空君、実を言うと君の情報は発掘師協会から入っていてね、鴻ノ江食堂というところにお世話になっているそうだね？」

「はい。住み込みでバイトさせてもらってます」

「その前は、その食堂の猟師さんと猟師小屋で生活していたとか」

そういえば発掘師協会の五所川原会長が、大公様に報告する必要があると言っていたなと、俺は思い出していた。まさか大公様が陽一さんだとは思いもしなかったが。

「その通りです。森をさまよっていた俺を助けてくれたのがその猟師さんです」

「実はその確認をとるために今朝鴻ノ江食堂に使いを出していたんだけど、今その連絡があってね。もちろん空君は不在だったそうだが」

「そうですよね。ここにいますから」

そう言って笑いながらも、陽一さん手が早いなと、一瞬考えた。しかし俺だって、もし陽一さんたちがいるかもしれないと知ったら、すぐにでも飛んで行ったことだろう。

「それでね、その空君を助けてくれた二人を呼びたいんだけど、いいかな？」

「もちろん構いませんけど、でもなぜ？」

「第一に、空君を助けてくれたお礼を言いたい。褒賞も出す。そして、二人を呼びたい理由はもう一つあってね」

さすがは大公様、太っ腹だとは思ったが、もう一つの理由というのが気になる。国のトップが一介の猟師に何の用があるのだろうか。考えるよりも聞いた方が早いと、このとき俺は思った。目の前に理由を知っている人がいるのだから。

「それは？」

「君が入っていたシェルターの場所を特定したいんだ」

「あのシェルターになにかあるんですか？」

つい聞き返してしまったが、あのシェルターにはろくなものがなかった。もし価値があるものがあれば、俺が持ってきたはずだ。持ち歩ければの話だが。

「あのシェルターには特別な素材がふんだんに使われていてね、その素材はとても貴重で今では手に入りにくいものなんだ」

「へぇー」

とは言ってみたが、特別な素材とは何だろうか。俺にはまったく分からないから後で聞いてみようか。

「ああ、もちろんあのシェルターは今では君の所有物ということになるから、我々が買い取ることになるけど、いいかな？」

大公の陽一さんが特別な素材と言っていた。しかも、ふんだんに使われていると。とすれば、そうとうな大金の可能性がある。金が手に入るというならありがたいことに変わりはないが、いきなり大金が手に入っても身を滅ぼしかねない。それに､俺にはあのシェルターをもらった記憶がない。

「え？　あれって、陽一さんの会社のものじゃないですか」

「もう会社は存在しないし、何千年も空君が使っていたものだからね。完全に君の所有物だよ」

「はぁ……俺としてはお金がもらえれば嬉しいですけど」

断れそうになかったから嬉しいなんて心にもないことをつい言ってみたものの、おそらくは大金だろうから、どう管理すればいいか、そのときに陽一さんに相談しようと、俺は考え、一旦棚上げしておくことにした。家でも買えればいろいろと都合がいいだろう。

それよりも気になったことは、陽一さんは何千年とも言っていたことだ。俺はいったいあのシェルターに何年閉じ込められていたのだろうか。

「詳しい話は食事のあとにでもしようか」

そう言った陽一さんは、報告に来た和服姿の人に耳打ちすると、俺を昼食の場へと案内してくれた。その道すがら、突然食堂からいなくなって、遥たちが心配しているだろうな、ということに今更ながら考えが及んでいた。あのネックレスをしていたことは不注意だったかもしれないが、自分が悪いことをしたとは思っていない。しかし、突然いなくなって遥たちに心配をかけたことは謝るべきだろう。

ここまで考えて、こうも思った。遥たちを呼ぶことを、つい何も考えずにＯＫしてしまったが、果たしてそれでよかったのだろうか？　迷惑にならないだろうか？　一花ちゃんと遥と俺の関係が、気まずいことになりはしないだろうか？　もしかしたら、俺はとんでもない地雷原に自ら足を突っ込み、阿波踊りでもしようとしているのかもしれない。

陽一さんに案内された部屋は、高科邸にしてはこじんまりとしたダイニングルームだった。

「この部屋だけこざっぱりしてますね。こう、なんというか……そう、シンプルっす」

「この部屋は、希美ちゃんがどうしてもと欲しがったんだ。だから後から作ってもらったんだよ」

部屋には小さな、とはいっても俺の知る一般家庭よりはかなり広いキッチンがあった。

「たまぁにだけど、希美ちゃんが手料理を作ってくれるんだ」

ノロけてだらしない顔になった陽一さんは置いておくとして、ダイニングテーブルは八人がけで、その席で用意されていた昼食をご馳走になりながら、俺がシェルターから出て今までどこでどうしていたかなどを、割と詳しく話した。

「俺の時間が止まってる間に、家族が増えたそうじゃないですか」

「一花に聞いたのかい」

「はい」

「一花の下に、っていうのは当たり前だけど、男の子が二人と女の子が二人だよ」

「今更ですが、おめでとうございます」

「ところで、空君は山小屋でどんな暮らしをしていたんだい？」

一花ちゃんも同席して俺たちの話を聞いているので、遥のことをどう話すか悩んだが、どうせ分かることだしと、覚悟を決めたうえで、包み隠さず山小屋での生活を説明した。

意外なことに、遥の名前――もちろん若い女の子ということは説明してある――を出したにもかかわらず、一花ちゃんは別段気にするそぶりも見せなかった。彼女はこれだけ俺にべったりなのだから、睨まれるなり、詰め寄られるなり、軽い修羅場を覚悟していただけに、拍子抜けの感が否めなかった。

これはアレなのだろうか？　俗に言う、嵐の前の静けさとか。今はじっと聞いているだけで、その内心は穏やかでないのかもしれない。そうでないとしても、俺に年頃の女性の心中など推し量れるはずがなかった。

「だいぶ苦労したようだね」

「はい。森で迷ったときは死んだと思いましたから」

高科一家にシェルターを出てからのあらましを説明した俺は、前々から知りたいと思っていたことから聞くことにした。今も俺を見つめている一花ちゃんのことは、なるようにしかならないと、すでに腹を決めている。

「そろそろ質問していいですか？」

「ああ、僕たちだけ聞いて悪かったね」

「それではお言葉に甘えて。まず、日本というか世界はどうなっちゃったんですか？」

陽一さんは、すこしだけ考えるように、うーんと顎に手を当てたかと思うと、俺の顔を見据えるように話しはじめた。

「実のところ僕も詳しくは分かっていない。だから、僕が把握している範囲で話そう。伝え聞いた話になるんだけど――」

その話はにわかには信じられないような内容だった。陽一さんによると、少なくとも日本では天変地異とも呼べる大災害が起こったそうだ。

「これは、想像の域を出ることはないんだけどね、世界規模で天変地異が起こったと考えるしかないんだ」

「どうしてですか？」

「理由はね、大災害以降、当時の外国との接触が一度もなかったんだ。そして、東京都心は壊滅的に破壊されていてね、今では誰も住んでいないというか人の住める環境ではないんだよ。発掘師にとっては聖地とも呼べる宝の宝庫なんだけどね、でも、よほどの強者じゃないと発掘には行けないんだよ」

「へぇーそうなんですか……。発掘師になったらぜひ一度行ってみたいですね」

「空君、僕の話聞いてる？」

「もちろん聞いてますよ。聖地と言われる宝の宝庫なら行かないわけにはいかないじゃないですか」

「そういえば空君はトレジャーハントが趣味だったね。でも、東京は危ないから気をつけるんだよ。行く前には僕に一声かけてからにしてね。いろいろとアドバイスできるから」

「陽一さんは行ったことあるんですか？」

「うん、三回ほどね」

　ということは陽一さんは発掘師なのだろうか？　いや今はそんなことより。

「ところで、天変地異って何があったんですか」

　日本というか世界を襲った天変地異と聞いて俺が想像したのは、巨大地震とか巨大隕石くらいしか思い浮かばない。

「地震なのか、隕石なのかとか、原因は分からないんだ。ただ現象として、いたるところで大地が割れ、隆起し、あるいは陥没し、日本の地形は大きく変わったということが分かっているのさ。そして、大多数の命が失われ、人類は滅亡の危機に瀕していたらしいんだよ」

「そりゃあ世界規模の天変地異が起これば、そうなるのも納得できます」

「でもね、ある奇跡が起こったことで、人間や動物たちは絶滅から免れることになった。その奇跡が〝気〟なんだよ。天変地異を生き延びた生命に宿った〝気〟のおかげで、人類や動物たちは過酷な環境を生きぬき、再び繁栄を取り戻しつつ今があるというわけさ」

「そうなんですか……。ということは、〝気〟は俺たちがシェルターに閉じ込められた直後から生命に宿ったと」

「そう聞いている」

　なぜ〝気〟が発現したのかは誰にも分からないらしいが、一番気になっていた〝気〟について、ある程度のことは分かった。しかし、俺が聞きたいことはまだまだある。

「ヒカル爺、あっ、俺を助けてくれた猟師さんが、俺たちの生活していた時代を神話の時代と言っていたんですが、どういうことか分かりますか？」

「正確には天変地異以前からそれ以降数百年が神話の時代と呼ばれている。僕たち、ああ、空君も含めてだけど、僕たちに宿る〝気〟が今の時代に生まれた人たちのそれと比べて、桁違いに多くて強いことは知っているよね？」

「俺と一花ちゃんの〝気〟に関しては知っています。陽一さんたちもそうなんですか？」

「希美花ちゃんもそうだし僕もそうだ。僕たち、神話の時代に生まれた人間は始祖と呼ばれていてね、始祖の世代から代を重ねるごとに、生命が内包する〝気〟の量と強さは減っていってるんだ。個人差は大きいけどね」

「つまり、神話の時代とは始祖の生きていた時代だと……。でも、なんで神話なんですか？」

「それはね、僕たちに宿る〝気〟が今の時代に生まれた人たちのそれと比べて、桁違いに多くて強いからなんだ。この時代の人たちからすれば、まさに神のようにね」

「神ですか、〝気〟が多くて強いだけで……」

　俺たちは〝気〟が桁違いに多くて強いだけで、あとはこの時代の人たちと変わらない人間だ。たったそれだけの理由で神話だなんて、大げさすぎないか？　などと疑問を感じていると。

「空君は妖魔を見たことはあるかい？」

「話だけは聞いたことがありますが、見たことは」

「昔この辺りはね、妖魔が支配する土地だったんだ。そして妖魔は人を襲う。誰彼かまわずね」

「それと神話がどう関係あるんですか？」

「僕たちは最初、北にある和国というところに住んでいたんだけど、和国の人々は妖魔の脅威に怯えながら生活していたんだ。まぁ、今でもそれは変わってないんだけどね」

「はあ」

「それでね、これはこの国ができた理由でもあるんだけど、僕たち家族が中心となってこの地の妖魔を殲滅したんだ」

「それで陽一さんが大公様になったと」

「概略はそういうことになる」

陽一さんはなかなか核心をついてこない。彼は話しはじめると、こうやって必要以上のことを話に絡めて長話になる。しかし、その長話の内容は、俺の知りたいことだった。だから俺は話の腰を折らずに聞いていたが。

「でも、妖魔と神話の関係は？」

「僕たち、つまり始祖がいなければ妖魔の群れは倒せない。この時代の人でも強い人はいるから、その人たちを集めて大勢でかかればできないこともなかったんだけどね。でも、決して少なくはない人命が失われることは確実だったし、全滅していたかもしれない。それほどに妖魔は強いんだ。この辺りにいた妖魔は僕たちよりは弱かったけどね」

「つまり、今の時代の人ではなかなか倒せない妖魔を、俺たちは楽に倒せるから神のように敬われると？」

「いや、そうなんだけど、そうじゃないんだ」

そうだけどそうじゃないって、相変わらず分かりにくいことを言う陽一さんに、俺は首を傾けていた。希美花さんはそんな俺たちの様子を微笑ましく見ている。一花ちゃんの視線は俺に向けられたままだ。

「つまり、僕たちが生まれた時代の人たちはね、あふれる妖魔を、今の時代の妖魔より格段に強くて多い妖魔を退けて人間の国、和国を造ったんだ。それが言い伝えとして残っていてね。それは今の人たちからすれば神のごとく敬われることらしいんだ。それ以外にも、今の時代では到底再現できない科学技術もあわせて神話の時代と呼ばれているんだけどね。あっ、そうそう。この国は僕たちが生まれた時代のどこだと思う？」

ようやく核心を話してくれた陽一さんは、そのまま俺の知りたかったことを質問してきた。それは俺の質問だと、ツッコミたくもなったが、いつものことなので彼に合わせることにした。

「深谷市の近くじゃないんですか？　あのシェルターがあった陽一さんの会社の研究所の近く。あっ、でも富士山が見えないか……」

「深谷じゃない。ここは御殿場なんだよ」

「え？　そうだったんですか」

「おかしいと思うでしょ」

「富士山が……それに、箱根の山道は？」

「富士山はもうないんだ。噴火したのかどうかは分からないけどね。富士山があった場所は今、妖魔の巣窟さ。そして、大公国と和国をつなぐ街道は箱根を通っているんだけど、箱根はもう山じゃなくて荒地になっているんだ」

富士山が見えないことは常々疑問に思っていたことだ。しかしまさか、富士山がなくなっていたとは思わなかった。しかも、箱根が山じゃないなんて。陽一さんが言う天変地異が、よほどひどかったということなのだろうか？　ふつうは、噴火したくらいであの大きさの山が吹き飛ぶなんて考えられないし、箱根の山がなくなるなんてもっと考えられない。それなら、深谷はどうなったんだろう。

「陽一さんたちがシェルターから出たときはどんな状況だったんですか？　場所とか周りの状況とか」

「僕たちは発掘師たちに掘り出されたんだ。和国の西の山岳地帯でね」

「和国の西って？」

「ああ、和国は僕たちの時代の埼玉から筑波にかけた地域なんだけど、僕たちのシェルターは、元あった場所、つまり深谷に埋まっていたんだ。深谷近辺は地盤がぐちゃぐちゃになって激しく隆起していたんだね。今では山岳地帯の鉱山だよ」

「ということは、俺が入っていたシェルターも、場所は深谷のままだったんだ」

「それを確認するためにも彼らを呼ぶんだけどね」

そうか、それならなんとなく納得できる。深谷が山になって、その麓にあたる秩父あたりが、おそらく俺が迷った深い森だろう。詳しいことはヒカル爺と陽一さんに任《まか》せることにした。

「あの、すこし聞きにくいんですが、貴族とか身分とかそこらへんについて聞いていいですか？」

「構わないよ」

陽一さんだって俺と同じ時代に生まれた現代人だ。それなのに、なぜ身分制度をとっているのか？　なくせる立場にあるにもかかわらず……。

「じゃあ聞かせてもらいます。なぜこの国には身分制度があるんですか？　どうして軍人が偉いんですか？」

「空君には理解しにくいだろうね。僕だっていまだに、身分制度には違和感あるから」

「え？　じゃあなぜ廃止しないんですか？」

「したくてもできないんだよ」

「できない？」

できないということは、必要だ、ということだろう。身分制度が必要な理由って……。

「まず軍人なんだけどね、彼らには拒絶できない義務があるんだ。一般人には無いね」

「それは？」

「彼ら軍人はね、妖魔からこの国と国民を守る義務があるんだ。自分の命を盾にしてでもね。その見返りにいくつかの特権がある」

国と国民を守るのは、軍人なら当たり前のことじゃないだろうか？　しかも特権がついてくるとなれば、不公平に思えなくもない。

「でもその義務って、軍人なら当たり前のことじゃないんですか？」

「今の時代の軍人はね、僕たちが生まれた時代の戦争をしていない国の軍人と比べて、生存率がとても低いんだよ。戦う相手は人じゃなくて妖魔だけどね。特権を与えて厚遇しなければ誰も軍人には志願しないよ」

「徴兵とかは無いんですか？」

「妖魔と戦えない人間を徴兵しても意味はないんだ。それに空君、徴兵制度なんかあったら君は嫌だろう？」

確かに、いくら国と国民を守るためだとはいえ、戦う手段を持っていない人にとって、無理やり徴兵されることは辛いことだろう。しかし、特権を与えてまで軍を作るってことは、それほど妖魔が強いってことなのだろうか。

「妖魔ってそんなに強いんですか？」

「強いというより、脅威と言った方がいいかもしれない。妖魔は〝気〟を持つ生命に対してとても残忍だからね。山野の動物は逃げることもできるけど、人間の足は遅いから。飛び道具も普通の人が使えば何の役にも立たないしね」

そういえば、遥が言っていたな。この時代の人や動物には銃が効かないって。人や動物より強い妖魔ならなおのこと効かないんだろう。

「ところで、軍人の特権ってなんなんですか？」

「警察権とか、納税の免除とかだね」

だから俺はあのヤロウに捕まったのか。理由はあとで聞くとして、軍があるのに貴族がいる理由も聞いておきたい。

「貴族はどうなんですか？」

「貴族はね、すこし特殊なんだけど、やはり妖魔からこの国と国民を守る義務がある。そしてね、義務じゃないんだけど公共工事とか、国のためになることを進んでしなきゃならない。自らの資金でね。そしてもう一つ。これが最も重要なことなんだけど、貴族には沢山《たくさん》の子供をもうける責務があるんだ――」

陽一さんによると、北にあるという和国には、大公国よりもはるかに厳しい身分制度があるらしい。しかも、和国の貴族には大公国の貴族以上の特権があるそうだ。しかし話を戻せば、子供なら別に貴族じゃなくてもふつうにできるんじゃないのか？　人口を増やしたいのなら、それこそ一般人の生活を補助しないとダメなような。

「なぜ貴族の子供なんですか？」

「貴族になるにはね、いくつか条件があって、少なくとも、国の役に立つ大きな実績をあげること。〝気〟力が極めて高いこと。が、必要条件なんだ。そして、〝気〟力が高い人間の子供は、同じように。〝気〟力が高くなる」

「なぜ。〝気〟力が高い子供が必要なんですか？」

「国と国民を守る人材を確保するためだよ。言ったよね、軍人や貴族は妖魔から国や国民を守る義務があるって。妖魔に怯えて暮らす今の時代はね、それに対抗できる人材が多くないと国民の安全が保障できないんだ。だから、貴族には沢山の子供をもうける責務がある」

なるほど、たしかに強い人間が増えれば妖魔に対抗する戦力が増えることになる。強い〝気〟を持つ人の子供を増やして、それを戦力に数えるなど、人道的には間違っているように思えるが、今の時代ではそれも仕方のないことなのだろうか。だから仕方なく、陽一さんも希美花さん以外に奥さんをもらったのだろう。俺は確認の意味を込めて聞いてみることにした。

「だから陽一さんも？」

「その質問にはわたしが答えるわ。陽一君じゃ答えにくいから」

「希美花さん」

答えにくそうにしていた陽一さんを見かねたように、希美花さんが口を開いた。この質問を希美花さんたちの前で出したのは、マズかったかもしれない。そう思っていたら、希美花さんは俺の心情をくみ取ってくれたように、微笑みながらもやさしく答えてくれた。

「いい、空君。陽一君もね、最初は戸惑っていたの。もちろんわたしも嫌だったわ。陽一君がほかの女と寝るなんてね。でもね、軍人さんたちと一緒に妖魔の大群と戦って、その考えは変わったわ。嫌とか、陽一君を取られたくないとか言っている場合じゃないって」

「一花ちゃんは平気だったんですか？」

「私は平気。だって私には空お兄ちゃんさえいてくれればいいんだもの。もちろん空お兄ちゃんがほかの女の人に子種を授けることも必要だと思ってる」

「い、いや。俺はそんな……」

一花ちゃんの口からまさか、子種なんていう衝撃的なセリフが出るとは思っていなかった。しかも彼女は、自分以外の女性にまで俺の子種を分け与える必要があると、当然のように言う。だから遥の名前を出しても平然としていたのだろうか。

ともかく、そんな一花ちゃんを見ていると、彼女が俺よりもはるかに大人に思えてきた。それが俺には、新鮮でもあり、ショックでもあった。俺は、彼女にまだ幼かったころの面影を重ねてしまっていたのかもしれない。そして、なぜだか急激に恥ずかしくなって、顔が熱くなったような気がした。そしてその恥ずかしさを紛らわさずにはいられなかった。

「は、話は変わるんですが、なんで俺は捕まったんですか。これ持ってたくらいで」

そう言って、一花ちゃんに返してもらったネックレスをポケットから出した俺に、一花ちゃんは自分の首にかけていたネックレスを取り外した。そして、彼女が持っていたネックレスに俺は見覚えがあった。シェルターに入る前に渡したものだ。

首から取り外したネックレスを胸の前で大事そうに握りしめ、一花ちゃんは昔を思い出すように話しはじめた。

「私たちが入っていたシェルターは発掘師に掘り出されたの。シェルターを出た私たちは発掘師の人たちと一緒に坑道を地上に向かっていたわ。私はまだ小さかったからお父様におんぶされてね。狭くて入り組んだ坑道は、暗くてとても怖かった――」

陽一さんに背負われて坑道の出口に向かっていた一花ちゃんは、突然前の方の天井が崩れ落ちて現れた妖魔に襲われたそうだ。暗くてその姿は見えなかったらしい。

「そのときの恐怖は今でも忘れられない――」

現れた妖魔は、物理的実体のない〝妖気〟だけの存在で、掘り出してくれた発掘師の人たちが倒してくれたそうだ。そのときに飛び散った〝妖気〟の一部が、運悪く一花ちゃんの小さな体に入り込んでしまったそうだ。

「あのときの怖さ、痛さ、苦しさは今でも覚えてる。体の内側から壊されていくようなおぞましい感覚。私はこのまま死ぬんだと思ったわ。でも、空お兄ちゃんがくれたこの宝玉があったから……」

込み上げてくるものを抑えるように、一花ちゃんはネックレスを胸の前で再び握りしめた。それを見かねたように陽一さんが口を挟む。

「そこから先は僕が話そう。空君はどの程度〝妖気〟について知っているんだい？」

「〝気〟と相反する存在で、邪悪なものとしか」

「おおむねそれで正解だ。そして補足すれば、〝妖気〟は〝気〟で相殺することができる。だから、体内に多くの〝気〟を内包している人は、〝妖気〟が体に入り込もうとしても体内の〝気〟でその前に相殺できるんだ。しかし——」

陽一さんの話は、すぐに脱線して長くなるのでまとめると。シェルターから出たばかりの陽一さんたち三人の体には、ほとんど〝気〟が満たされておらず、体に入り込んだ〝妖気〟に対抗することなどできるはずがなかった、ということらしい。

「——しかも、〝妖気〟に入り込まれた一花はまだ幼く体が小さかった。だから〝妖気〟は瞬く間に彼女の体中に浸透し、その幼い体を内側からむしばみはじめたんだ。急いで坑道の外に出て発掘師の人が治療をはじめてくれたんだけど、一花の体はみるみるドス黒い紫色に変色していってね。必死に治療をしてくれている女性の発掘師の顔色が、絶望の色に染まるのを見て、このままではもうダメだ、一花が死んでしまう。そう思ったとき、彼女の首にかけられていたネックレスの紫水晶が、はらりと服からこぼれ落ちたんだ。そして、治療をしていた発掘師がその紫水晶を見て、目の色を変えた、ということだよ」

「どうして目の色が変わったんですか？」

「宝石には二種類あってね、今の時代ではその片方を宝玉というんだけど、まぁ、厳密には三種類なんだけど話がややこしくなるから。空君が聞きたいっていうなら話すけど」

「いえ、今はいいです。それより、宝玉ってなんなんですか？　宝石とどう違うんですか？」

「宝玉はね、簡単に言うと色がついた透明な宝石の総称なんだ。ああ、ガラスに色を付けたものはだめだよ。あくまでも自然石じゃなきゃダメ――」

陽一さんの話をまとめると、というかこの人は脇道にそれずに話すことができないのだろうか。この時代に来る前は、ここまで長話をする人じゃなかったのに。

さておき、宝玉とは色がついた透明な自然石のことで、光の三原色にそれぞれ特有の効果があるそうだ。その効果とは、〝気〟の増幅効果であり、赤には攻撃力増強、青には回復力増強、そして緑には防御力を高める効果があるらしい。

さらに赤と青が混ざった紫には攻撃力と回復力を増強させる効果があり、赤と緑が混ざった黄色には攻撃力と防御力が混ざった効果があるとのことだった。

「――ようするに、青と緑が混ざった水色には、回復力と防御力といった具合ね。ただし、複合される効果は二つまでで、全ての色が混ざった白には何の効果もないんだ」

「でも、その妖魔を倒せたほどの発掘師なら、増幅効果なんか使わなくても一花ちゃんを治せたんじゃないですか？」

「そう簡単な話じゃないんだ。うーん、どう言ったらいいかな――」

また話が長くなったので簡単にまとめると、人の体に入り込んだ〝妖気〟を〝気〟で相殺するだけなら、その発掘師でも簡単にできたらしい。しかしそうしてしまえば、一花ちゃんの体の中で〝気〟と〝妖気〟の対消滅が起こり、その熱や衝撃で、彼女の体細胞まで破壊されてしまうそうだ。

「――そうなれば、一花に待っているのは死ということなんだ。それとね、〝妖気〟に侵されたまま放っておくと、死よりも辛い結末が待っていて、つまり……」

「つまり〝妖気〟に侵された人を放っておくと、妖魔になってしまうと」

「そう、その通りだよ――」

陽一さんによれば、もと人間だった妖魔も、いるところにはかなりの数がいるということだった。

しかし、また話がそれてしまっていることに気づいた俺は、陽一さんを誘導するように話を振った。

「それで、一花ちゃんはどうなったんですか？」

「ああ、そうだったね。空君が一花にプレゼントしてくれた宝玉、つまりこの紫水晶は――」

前にも言った通り、紫水晶は攻撃力増強の赤と、回復力増強の青が混ざった紫色をしている。治療にあたった発掘師は、紫水晶に自分の〝気〟を通すことで、一花ちゃんの体内に入り込んだ〝妖気〟を攻撃し、相殺。同時に傷ついて弱った体細胞を修復し、回復させたということだった。

「――だから、宝玉と呼ばれる宝石、つまり透明で色がついた宝石には高い価値があるんだ」

「でも、紫水晶なんてサファイヤとかルビーに比べたら、それこそただの石ころでしょ？　数も多いし簡単に採れる」

「そう思うかい？　僕たちが生まれた時代だったらそうかもしれない。でもね、今の時代ではどっちも同じくらい価値あるものなんだ。たしかに、希少価値だけでいったらサファイヤもルビーも、そして、宝玉ではないダイヤモンドの方が上さ。しかし、宝玉として見た場合は、その効果が価値の全てなんだ。それに、紫水晶だって日本のどこで採れるかなんて、今は誰も知らないし、地形もずいぶん変わっちゃったからね」

知っている。俺は紫水晶の産出地も、黄色い宝石、琥珀の産地だって知っている。地形が変わったといっても、緯度経度は変わらないはずだ。もしかしなくてもこれは、俺だけのとてつもない、チートとも呼べるアドバンテージじゃないだろうか。なにせ、小指の先程度の大きさの紫水晶ひとつで軍に捕らえられるほどだ。その産地に行くことができれば、どれだけの……。いや、今はそんなことより。

「それで、話を戻したいんですが、その後一花ちゃんは？」

「体の方は順調に回復したんだけどね。でも、心の方に後遺症が残ったんだよ。ああ、心配しないで。完全ではないけど、もうほとんど克服したから」

たしかに、幼少のころに死の恐怖にさらされたなら、それはトラウマになるだろう。ほとんど克服したと陽一さんは言っているが、完全ではないとも言っていた。ならば、一花ちゃんの前でこの話題に触れることは、できるだけよそうとこのとき俺は思った。まだまだ知りたいことはあるが、これでおおかた、知りたいことを聞くことができた。そう思ったのだが、ひとつだけ大事なことを聞き忘れていることを思い出した。

「話は全然変わるんですけど、どうして陽一さんが王様……ああ、大公様でしたね。その大公様になったんですか？」

「そうだねぇ、どのあたりから話そうか……」

そう言った陽一さんは、本当に待ってました、という顔をしている。この流れだと、とてつもなく長い話になりそうな気がしてきた。たしかに俺は陽一さんが大公になった理由を知りたいが、余計な無駄話にまでは付き合いたくない。

「あの、できるだけ簡単にお願いします」

「それは残念だねぇ。でも、あまり時間をかけられないか」

このとき陽一さんは、かなり残念そうな表情をしていた。よほどこの話をしたかったのだろう。

「シェルターから出た僕たちは、和国で生活をはじめたんだ。当然、仕事をしなけりゃ生活はできない。まぁ、仕事をはじめるまでにもいろいろあったんだけどね。とにかく僕は仕事をはじめた。そしてその仕事は――」

要約すると、陽一さんは和国でアルバイトをしながら食いつなぎ、発掘師の資格を取った。これは、関東から中部にかけて、どのあたりにどんな施設があったか知っているというチートを活かす選択だった。俺が考えていることとまったく同じことを陽一さんは考えたわけだ。そして、発掘師として目覚ましい成果を上げ、財を築いた。

それ以降、陽一さんの飛び抜けた〝気〟力と、財力に目をつけた和国朝廷から、貴族として国に尽くしてほしいと、たび重なる要請があった。その理由は、和国南部を領地として南方からの妖魔流入を食い止める目的があったらしい。しかし、陽一さんはこれを固辞した。理由は貴族として縛られたくなかったかららしい。

「でも、なったんですよね？　貴族に」

「やむを得ずね。和国で暮らしていくうちにね、妖魔流入による悲惨な人的被害を何度も目のあたりにしてたんだ。だから考えを改めたんだ。最初は軍に協力して防衛戦線に参加したりしていたけど、個人の力だけではどうにもならなかった。指揮権があれば、もっと効率的で人的被害が少ない防衛戦線が構築できる。そう考えて朝廷の要請を受け入れた。貴族として軍をまとめあげ、和国南部戦線防衛軍を組織したんだよ」

普通は個人で軍をまとめ上げるなんて大それたこと、考えないと思う。でもそれを陽一さんは成しとげたということだろう。

「へー、そういういきさつだったんですか。で、それからどうしたんですか？」

「僕なりに効率的な防衛戦略ってものを考えてね。結果的にはそれが功を奏して人的被害は抑えられ、和国内部への妖魔流入は著しく減少したんだ。妖魔の流入を完全に防ぎきるまでには至らなかったけど、人々が割と安定した暮らしを取り戻したとき、僕たち家族が和国で暮らしはじめて八年、貴族になって四年が経過していたんだよ」

「苦労したんですね。それで、大公国はなぜできたんですか？」

「まあ、苦労はしたね。でも、防衛軍も少しずつ消耗し疲弊していたんだ。このままでは、いずれ防衛戦線が崩壊するだろうと思った僕は、妖魔が定期的に襲ってくる原因を調査するため、単身南方へと赴いたんだ」

いちいち前置きが入るけど、ここは我慢して聞くしかないよな。でも、長い前置きは勘弁願いたい。

「それと大公国に何の関係が？」

「かつての御殿場、今の大公国周辺に、妖魔の巣とも呼べる妖魔たちが密集する場所を見つけたんだ。僕は朝廷にこれを報告し、同時に妖魔の巣を一掃するための作戦案と、御殿場南方に川と堀を使った新たな妖魔流入を防ぐための方策を提示したんだよ。和国朝廷は、今までの僕の実績と、和国南部戦線防衛軍の功績を鑑み、作戦案を承認してくれた。さらに、和国朝廷軍から援軍を派遣してくれたんだ。僕は、朝廷の援軍を加えた和国南部戦線防衛軍を再編し、翌年、御殿場に巣食う妖魔たちを殲滅するための作戦を実行に移したのさ」

ようやく核心をついてきたな。それにしても、あの陽一さんがココまでスゴイことをする人だとは思わなかった。

「へー、スゴイですね」

「いやぁ、大したことじゃないよ。でね、この作戦には、成長して十六になった一花と、希美ちゃんも参加したんだ。当然、僕は反対したんだけど、ふたりの意思は固くてね、しぶしぶだけど参加をみとめたんだ。一応、ふたりの〝気〟力が、僕に匹敵するくらいあって、御殿場近辺の妖魔じゃ、束になっても敵わないという担保があったから認めたんだけどね」

「じゃぁ、一花ちゃんも希美花さんもスゴク強いと」

「とても強いよ。とくに今の一花は僕より何倍も強いんだから」

主観的過ぎてさっぱり分からないけど、希美花さんも一花ちゃんも人々を苦しめる妖魔を倒せるくらい強いということだろう。さらに、あの小さくてかわいかった一花ちゃんが今では陽一さんよりも強いというのは驚きだった。

「それでね、彼女らふたりの活躍はめざましく、結果的に作戦は大成功をおさめたんだ。その功績をもって、僕は大公の爵位をうけ、富士大公国が誕生した。とまあ、こんないきさつでね」

「でも、一花ちゃんは妖魔にトラウマ的なものがあったんじゃ」

「一花はね、努力したんだよ。それはもう見ていられないくらいにね」

「なぜそれほど？」

「まぁ、本人の前では言いにくいから言わないけど、一花が頑張ったのは、空君、君が関係してるんだ」

「？？？」

横に座って俺の方を見ながらも、妙にモジモジ照れている一花ちゃん。そんな彼女を見て首をかしげていたところに、例の陽一さんに伝言をした和服姿の女の人に連れられたヒカル爺と遥が現れた。ヒカル爺は黒のスーツ姿で、遥は赤いワンピースのドレスを身にまとい、いつもはしない化粧をして別人のように綺麗になっている。すっぴんの遥も可愛いが、化粧をした彼女もまた、見惚れるほどに見目麗しかった。

そのヒカル爺と遥が、俺を見て一瞬安堵したような表情を浮かべた直後、陽一さんを見るや両目を見ひらき、いきなりその場で土下座状態で額を床に擦りつけた。

「た、大公陛下におかれましては……」

やれやれと、まいったように陽一さんは首を振っている。

「そんなに畏まらないでください。お二方は空君の恩人です。どうか顔を上げて楽にしてくれませんか」

「し、しかし大公陛下……」

「お二方をお呼びしたのは私的な要望だし、それにほら、空君はこんなにくつろいでいるよ」

陽一さんがここまで言ってようやく二人は顔を上げ、正座の姿勢になった。しかしその顔はまだ、二人ともガチガチにこわばっている。しかも、あれほど遥のことを気にしていないように振る舞っていた一花ちゃんから、遥に向けて強烈な〝気〟の圧力がぶつけられていた。これはあれだろうか？修羅場というやつになるのだろうか。

「貴女が遥さん？」

「は、はい、そのようにございます。一花様」

一花ちゃんの〝気〟にあてられた遥は、若干震えながら答えていた。しかし。

「空様を助けていただいたこと、ありがとうございました。お二方には感謝してもしきれません」

そう言って〝気〟をおさめ、一花ちゃんはにっこりと微笑んだ。遥はホッとしたように安堵の表情を浮かべている。しかし、どうして一花ちゃんは俺のことを様づけで呼んだのだろうか。

「今日お二方をお呼びしたのは他でもない。空君を助けてくれたこと、この通りお礼申し上げる」

ようやく場が和んだところで、陽一さんがヒカル爺と遥に深々と頭を下げた。

「なんと勿体ない。頭をお上げください、大公陛下」

「ははは、気にしないでくれ。空君は私たち高科家の古い友人でね、いわば家族も同然の間柄なんだ。だからお二方には恩賞を渡そうと思ってね」

「恩賞だなんて私どもには」

「いや、これは私のエゴだ。ぜひとももらってほしい」

「大公陛下がそうまで仰られるなら、お断りするわけにもいきますまい。恩賞はありがたく頂戴いたします」

そう言ってヒカル爺は恭しく頭を下げた。

「恩賞は帰りにお渡ししましょう。ところで、お二方をお呼びしたのは他にも理由がありまして、森で行き倒れた空君を発見した場所や、そのときの状況を詳しく聞きたいのです。協力していただけますか？」

「もちろん協力いたしますとも。ただ、遥はそのとき一緒にはいなかったゆえ、報告は私一人でしたいのですが」

「構いませんせん構いません。ささ、ヒカルさんはこちらに」

そう言って陽一さんはヒカル爺を奥の部屋へと連れて行った。それはもう嬉しそうに。あの表情から察するに、俺が行き倒れていた場所と状況を聞くことにかこつけ、長話をきめこむつもりだろう。そして、あとに残ったのは希美花さんと一花ちゃん、それに俺と遥だ。どちらかといえば、場の雰囲気を和ませていた陽一さんが去り、あとに残された俺たちの間には少しだけぎこちない空気が流れた。

「まぁまぁ、陽一君ったらあんなに嬉しそうに」

その空気を希美花さんの一言が押し流した。しかし。

「お母さま、わたくしは遥さんと二人だけのお話がしたいです。席を外しますがよろしいですね」

「ええ、ええ、構いませんよ」

「では遥さん、わたくしについてきてください」

虚をつかれたような顔をして固まった遥だったが、一花ちゃんのいわば強制的な申し出に、彼女が逆らえるはずもなかった。それはもうヘビに睨まれたカエル、いや、まな板の上のコイと言った方が正確だろう。このときの一花ちゃんには、王族の威厳とでも言ったらいいだろうか、オーラと言った方がいいだろうか、思わず平伏してしまいそうな神々しさがあった。遥があぁなってしまったのも仕方がないだろう。

俺は当初、一花ちゃんと遥がバチバチと、それはもうライバル心むき出しの火花を散らしあうものと想像していた。しかし実際には、二人の間には絶望的なまでの身分差があった。一花ちゃんと遥の歳はほとんど変わらないが、かたや一国のお姫様、かたや平民の娘。二人には、俺では想像できないような絶望的な身分の開きがあるのだ。

この時代では、それほどまでに身分というのは絶対的なものなのだろう。普段の勝気な遥を知っているだけに、言われるがままの彼女を見て俺はそう思った。そして同時にこうも思った。今すぐには無理でも、大公国に浸透させることは無理だとしても、せめて一花ちゃんと遥の間には、身分差を意識させない関係を築きたいものだと。それができなければ、俺は自分を許せないだろう。

「あらあら、陽一君も一花ちゃんもいなくなっちゃったわ」

崇高な決意というのはおこがましいかもしれないが、少なくとも俺にとっては大切な想いを胸に刻み、決意を新たにしていたところに、希美花さんが気の抜けるようなトーンで独り言をつぶやいた。しかし、彼女が言うとおり、今ここには俺と希美花さんしかいない。これはチャンスなのだろう。チャンスと言っても、希美花さんとエロい関係になるチャンスなどではない。そう、アレを聞くタイミングは今しかないのだ。

「あの、希美花さんに聞きたいことがあるんですが、いいですか？」

「あらあら、わたしを口説こうとしても無駄よ。わたしには陽一君がいるんだから」

「そっ、そんなことをするつもりはありません」

「冗談よ。で、聞きたいことってなあに？」

「どうして一花ちゃんはあそこまで俺にベッタリなんですか？」

あごにピンと伸ばした人差し指を当て、希美花さんはアヒル口でうーんと考え込んだ。

「一花ちゃんには内緒よ」

「あ、はい、もちろん言いません」

「一花ちゃんが空君にゾッコンなのはね、ひとつは陽一君が原因なの。もう一つは空君、あなたにも責任があるわ」

「俺の責任って、もしかしないでもあのネックレスですか？　それともしょちゅう遊んであげていたことですか？」

「その両方よ。でも、どっちかっていうと、ネックレスの方が大きいかな」

これは俺でもある程度予想できていたことだった。しかし、この程度で一花ちゃんがああなるとは思えなかった。

「もうひとつの陽一さんが原因って、彼は一花ちゃんに何をしたんですか？」

「空君、シェルターに入っていたとき、退屈じゃなかった？」

「それはもう退屈でしたよ。受験勉強しかすることがなかったし、それもすぐに飽きちゃったし」

「そうよね。あんな環境じゃ、誰だって退屈になると思う。それは一花ちゃんも同じだったわ」

「それでどうしたんですか？」

「退屈で退屈で何もすることがなかった一花ちゃんはね、かんしゃくをおこしたの――」

話を聞いてみれば、希美花さんも陽一さんほどではないが話が長い人だった。それは置いておくとして、あの状況で一花ちゃんが癇癪を起こすのは当然の結果だと俺は思った。そして、癇癪を起こした一花ちゃんをなだめるために、陽一さんは俺の名を使って彼女をあやしていたそうだ。

『いい子にしていないと空お兄ちゃんが遊んでくれなくなるよ。一花ちゃんは空お兄ちゃんが大好きだもんね』

『いい子にしていたら空お兄ちゃんからご褒美がもらえるよ』

『空お兄ちゃんは何て言っていた？　頑張れって言っていたよね。だから一花ちゃんも頑張るんだ。そうしたら空お兄ちゃんがきっとまた、ご褒美をくれる』

などなど、なにかにつけて俺の名前を出して一花ちゃんを言いくるめていたらしい。

「シェルターから出たあとも、事あるごとに空君の名前を使って言うことを聞かせていたの。約束を守らないと空お兄ちゃんが見つからなくなるよ。とか、空お兄ちゃんのお嫁さんになりたかったら頑張りなさい。みたいにね」

これはもう完全な刷り込みだろう。鳥のヒナが、はじめて見た動くものを親と認識する以上の刷り込みだと俺は思った。

一花ちゃんが俺のことを慕ってくれるのは確かに嬉しい。彼女は可愛いし、温かいし、柔らかいし、体つきもエロいし、彼女になってくれるには申し分のない人だ。けれども一花ちゃんが俺を慕ってくれるのは、俺が彼女になにかをしてあげたとか、親身になって相談に乗ったとか、彼女のためになにか特別なことをしたとか、そういった理由があってのことでなかった。

たしかに一花ちゃんとはよく遊んであげたし、風呂に入れたことだって何回もある。泣いている彼女をあやしたことも一度や二度ではない。しかし、それだけであそこまで慕われるのは、俺としても納得がいかなかった。

だから俺は柄にもなくこう思った。一花ちゃんの想いに応えられるだけの男になろう。慕われて当然のことを成そうと。

「話してくれてありがとうございました。俺も一花ちゃんに慕われる資格をもった男になろうと思います」

「あら、嬉しいわぁ。一花ちゃんに聞かせてあげたいくらい。でも、黙っていてあげるわ。だから空君も、わたしが話したこと、一花ちゃんには黙っていてね」

「はい、分かりました」

このあと、希美花さんとたわいもない世間話、といってもそれは彼女にとってだが、貴族の日常だとか陽一さんのほかの奥さんや子供のことだとかを話してもらった。ほとんど希美花さんが一方的にしゃべり、俺は聞き役に徹する感じだ。そして、その話も一段落したところで一花ちゃんと遥が戻ってきた。

「話は終わった？」

「ええ、これからは一花様とも友人としてお付き合いすることになったわ」

そう言った遥の表情は、憑き物がとれたように晴れ晴れとしたものになっていた。一花ちゃんのことを様づけで呼んではいるが、へりくだっている様子も伺えない。いったい二人でどんな話をしたのか、何があったのか、俺には想像もできないが、彼女らなりに納得できる結論にたどり着いたのだろう。二人の吹っ切れたような様子からは、そうとしか思えなかった。

「そう、それは良かった」

「空、良かったじゃないわよ。心配したんだからね」

そう言った遥の瞳から涙があふれてきた。そんな遥を見かねた俺は、いつのまにか彼女を抱きしめていた。

俺の胸に顔をうずめる形になった遥は、声を上げて泣き出してしまう。そしてこのとき、俺の体は自然に動き、彼女の頭を優しく撫でていた。一花ちゃんもその様子を優しそうな瞳で見つめている。

「ごめん、心配かけたね。もう帰ろうか」

「うん」

「希美花さん、一花ちゃん、今日はもう鴻ノ江食堂に帰ろうと思います。来月には発掘師の試験もあるし」

「あらあら残念ね。夕食もご一緒できると思ったのに」

「お母様、空様にもご予定がおありなのです」

「はいはい」

　驚いたことに、希美花さんより一花ちゃんの方が俺が帰ることに理解を示した。一花ちゃんがグズるかもしれないと思っていた俺は、彼女の意外な一面をこのとき見た気がした。この時代ではあるが、俺の倍近い人生経験がある彼女の方が、俺よりもはるかに大人なのかもしれない。

　そして、遥が来てから一花ちゃんが俺を様づけで呼ぶようになったことは気になる、というか、むず痒いものがあるが、今は彼女の好きにさせてあげようとも思った。いずれ改めてもらえばそれでいい。

「一花ちゃん、今日は助けてくれてありがとう。本当に助かったし嬉しかったよ。そして希美花さん、こうしてみんなと再会できてスゴク嬉しかったし、安心しました。陽一さんにもヨロシクお伝えください」

こうして、俺は遥とともに高科家の豪邸を後にしようとしたのだが、その途中廊下で不愉快極まりないことが起こった。

「見ない顔だな。藤崎殿、その者らは？」

「大公陛下のお客人であらせられる」

俺と遥を先導して歩いていた藤崎さんに話しかけてきた若い男。若いと言っても俺より年上で、二十歳過ぎに見えるから実際の歳は五十前後なんだろうけど。その男は訝しむように俺と遥を見下していた。髪をオールバックに上げ、シルクだろうか、光沢のあるベージュのスーツに、首にはくすんだ赤色のスカーフを大粒の琥珀でまとめてある。どこからどう見ても高貴なお貴族様だ。

「陛下も困ったものだ。このような下賤な輩を権威ある大公宮に招き入れるとは」

「その言いよう、大公陛下のお客人に、あまりにも無礼ではないか」

「ふんっ」

その男は言いたいことだけ言って、鼻を鳴らし、立ち去ってしまった。男のあまりの傍若無人さにだろうが、遥は目をパチクリとさせて驚いている。

「なんなんすか、あの失礼な男は」

「どうかお気を悪くなさらないでください。あの男は御堂《みどう》伯爵家の次期頭首、虎次郎殿です。一花様の伴侶には自分こそふさわしいと公言してはばからない恥知らずな不届き者。空殿が気にかけるような男にはございません」

一花ちゃんがいたからかもしれないが、今まで一切の表情を表に出さなかった藤崎さんが、このときだけは怒りの色をその顔に滲ませていた。藤崎さんは、あの虎次郎という男を本気で嫌っているのだろう。

「さ、あんな男のことなど気にせず参りましょう」

最後に後味の悪い小さなハプニングもあったが、高科邸を後にした俺と遥は、二頭立ての馬車で彼女の実家まで送ってもらった。そして、食堂ののれんをくぐろうとした俺に遥が一言。

「お爺ちゃん忘れてきちゃったね」

一花ちゃんと遥がどうなるのか気になって仕方がなかった俺は、彼女らの関係が良好なものになったことに気をとられ、すっかりヒカル爺も来ていたことを忘れてしまっていた。ヒカル爺は今ごろ、陽一さんの長話に付き合わされていることだろう。

「あはは、すっかり忘れてたよ。でも、陽一さんは話が長いからたぶんまだ捕まってると思う。それに、遅くなったら豪華な夕食にもありつけるからいいんじゃないかな」

「そうよね。私たちみたいに送ってくれるだろうし、お爺ちゃんは美味しいものに目がないから」

とは言ってみたものの、俺は心の中でヒカル爺に合掌したのだった。ただでさえ緊張するだろう大公家で、たとえ豪華な夕食にありつけたとしても、果たしてその味を堪能する余裕がヒカル爺にあるのだろうかと。

そんなこんなでようやく遥の実家に帰りつくことができた俺は、食堂の面々や遥の家族に再会し、ようやく落ち着きを取り戻すことができた。そしてヒカル爺はといえば、翌日の夕方になって帰ってきたのだが、何やら陽一さんと意気投合したらしく、置いてけぼりを喰らったことなどまるで気にしていない様子だった。

「いやぁ、たいそう美味いメシじゃった。空よ、また連れて行ってくれんかのう」

さらに、いくらかは教えてくれなかったが、恩賞ももらってきたらしい。楽しそうに食事の内容を報告するヒカル爺を見て、忘れて来て悪いことをしたと思った俺と遥の気苦労を返せと、このとき俺は思ったのだった。

そして季節は寒さやわらぐ三月になり、待ちに待った二級発掘師の試験当日を迎えた。今日からはじまる試験に合格すれば、おじさんとの約束はもう果たせないが、俺は晴れて発掘師となり、念願だったトレジャーハントに行くことができる。

さらに、発掘の成果があがればあがるほど国の発展にも寄与できるのだ。国の発展という目的というか大義名分をもって発掘という仕事にも誇りが持てるし、やりがいも増す。

試験勉強に抜かりはないいし、〝気〟力も充実した今の俺に死角はない。俺は意気揚々とした足取りで、発掘師協会の試験会場に向かったのだった。

◇◇◇◇

少しだけ時を遡り、空と遥が高科大公家を後にした夕方。二人を鴻ノ江食堂まで送り届けた藤崎は、帰りの馬車の中で一人考えていた。

一花様があれほどまで必死になって探していた空という男。〝気〟を探ってみたが、間違いなく大公様ご一家に匹敵するものを持ち合わせていた。私でははるかに及ばない、比べるのもおこがましいほどの〝気〟力。

空という男、一花様が仰る通り、間違いなく始祖だ。見つかったと聞いたときは、一花様に害成す者でなければと憂慮したが、会ってみてそれが杞憂だと理解できた。

ただ、周りに流されやすそうな弱さも見受けられた。いずれは一花様の伴侶となり、公国の中枢に関わるお方、よく見極め、間違った方向に進まぬよう導かねばなるまい。いや、それだけでは足りぬか、虎次郎めにも気を配る必要があろう……。

登場人物紹介2

高科一花
（現代）

Ichika Takashina

現代日本で、空の隣の家に住んでいた少女。空のことが大好きで、将来のお嫁さん宣言をしていた。

「ありがとう、ソラおにいちゃん。だぁいすき」

「空お兄ちゃんは今の私を見てどう思ったの？」

高科一花
（未来）

Ichika Takashina

空より先にタイムスリップした一花が成長した姿。幼少時に空にもらったネックレスを今でも大切にしている。

第三章

三月上旬、発掘師協会では二級発掘師士採用試験が行われようとしていた。筆記試験会場は二部屋あって、五十名程が入れる部屋に、それぞれ一杯になる勢いで受験者が集まりつつあった。例年の受験者数は五十名程度だが、今年は倍の百名近い応募があった。そしてその試験会場の片隅に、ドレスに身を包んだひときわ華やかで場違いな一団があった。

「ほらほら御覧になって、空さまがおいでになりましたわ」

「まあ、なんて凛々しいお方でしょう」

「お聞きになりまして？　空様と一花様が近々ご成婚なさるそうよ」

「遥さまも空さまにお嫁ぎになるんですって」

「まあ、あの特級発掘師の遥様が？」

遥本人はまったく自覚していないが、発掘師全体の一パーセントにも満たない特級発掘師である彼女は、発掘師を目指す者や多くの発掘師にとって、羨望の的だ。さらに、発掘師自体が、軍人同様選ばれし者、すなわち一般人より〝気〟力が高い者しか就けない職業であることを考えれば、特級発掘師という資格が、どれほど特別な存在であるかは、容易に想像できることだろう。

大公国の姫君一花と、特級発掘師の遥、そんな二人と親密な関係にある空の噂は、話に何本もの尾ひれをつけて大公国中に広がっていた。

「素敵ですわぁ、すい星のように現れた〝気〟力一万を超える始祖様。一花様と遥様とご婚約なさるなんて。わたくしもその末席に加わりたいわぁ」

「でもご覧になって、ここに集まられた方々、女性はほとんどが空さま目当てみたいですわ。すごい競争率になりそうですわね」

「そのようですね。空様に子種を授けていただくためにはよほどのことがないと」

「そうですわ。でも、お近づきになるためは、わたくしたちも試験に合格しませんと——」

もちろん今の段階で、空と一花や遥が婚約しているという事実はない。しかし、そんな噂をまことしやかに会話している華やかな一団の正体、彼女らは大公国貴族家の娘たちだ。

大公国では、たとえ貴族の子供であっても、身分的には平民と変わらない。貴族の世襲制を採用していない大公国にあって、貴族になるためには、飛び抜けた〝気〟力と実績が必要なのだ。したがって、貴族になれた者は公国民全体のほんの一握り、五十名にも満たない。

そんな中、一般的に〝気〟力が高い傾向にある貴族家の子女は、大公国軍に入隊するか、発掘師などの特別な職業に就くことが多い。さらに、この時代の人々は、〝気〟によって強化されているため、その強さタフさに男女の差がほとんどなく、女性であっても男性同様の力仕事や、危険な仕事に抵抗なく従事しているのだ。

彼女ら貴族家の娘たちは、確かに空の何番目かの妻の座を射止めようという、不純な動機で二級発掘師採用試験を受けようとしているが、たとえ空の妻になれずとも、発掘師というステータスにその価値を認めていた。

そしてさらに、空目当ての受験者は貴族家の娘たちだけではなかった。そのほか会場に集まった多くの女性も、空に熱いまなざしを集めていた。そして、その様子を微笑ましくも呆れた様子で伺っている者もこの会場の片隅にいた。

「今年の盛況ぶりは凄まじいものがありますなぁ、五所川原会長。まあ、あの遥嬢が陥落したくらいだ。頷けんこともないですか」

「当の本人はまったく気づいとらんようだが、ほとんどが空君目当ての女どもだろう。協会としては嬉しいかぎりだが、はたして長続きするかのう……」

「新人研修の班分けも考えておく必要がありそうですな」

「遥嬢も復帰するというし、面白くなりそうだのう。山岸、研修は頼んだぞ」

◇◇◇◇

三月になり、俺は心待ちにしていた二級発掘師採用試験を受け、無事合格することができた。一花ちゃんたち高科一家と再会を果たし、心に余裕ができた今の俺にとって、二級発掘師採用試験などお茶の子サイサイ、余裕のヨシ子ちゃんが赤子の手をひねるようなものなのだ。

俺が生まれた時代の今どきギャルが、独特のイントネーションで、チョー余裕、マジウケる〜とかのたまっているよりかは何倍も簡単だった。彼女らが何にウケていたのか、まったく理解できないのは置いておくとして、これは別に合格したあとだから強がっているわけではない。

というのは冗談で、実際試験はかなり難しかった。一日目の筆記試験は試験勉強の甲斐あって、それほど難しくはなかった。が、二日目からはじまった実技試験が問題だった……。


「試験はどうだったの?」

「ああ、今日は〝気〟力の測定と筆記試験だけだったから余裕余裕。意外と簡単だったよ」

「まぁ、空の〝気〟力に問題はないし、筆記試験は簡単だからね。でも、明日からの実技試験は舐めてかかると落ちるから」

「ダイジョウブダイジョウブ、予習はカンペキさ」

「なんか棒読みだけど、空がそう言うなら」

そんな感じで遥には強がって見せたのだが……


「いいかよく聞け、合格者は今から実技試験会場に移動することになる。ロビーに貼り出した班分けをよく確認しておくように。実技試験は班ごとに行うからな」

実技試験は筆記試験に合格した者だけが受験するわけだが、山岸さんが言うように、筆記試験の合格者は班分けされて班ごとに試験を受けるらしい。実技試験の内容はあらかじめ予告されていて、これがかなり難しい試験内容だった。

当然ながらこの試験をパスしないかぎり、発掘師になることはできない。発掘師はまさに俺の天職とも言える職業であり、発掘師にならずして何になる、と、意気込んで練習してきたつもりだ。

早めの昼食をとって協会に集まった筆記試験の合格者百名弱が、班ごとにほろ付きの大型馬車に分乗し、実技試験会場に向かった。そして到着した会場は、街の外れにある荒れ地だった。コンクリートや鉄筋のガレキ、ゴツゴツした巨大な岩が枯草の間から顔を出しており、見通しはあまりよくない。

「よーし、一班の者はここに集まれ」

山岸さんに呼ばれて二十名の受験者が集まった。馬車の中で一緒だったメンバーに、もちろん顔見知りは一人もいない。

試験に参加するにあたり、遥のアドバイスで発掘師七つ道具を俺は新調していた。方位磁石、小さめのスコップ、タガネ、大き目のニッパー、金づち、ナイフ、そしてツルハシだ。ツルハシは、発掘師にとって最も重要な装備であり、武器でもある。敵すなわち、実体を持つ妖魔や野獣と遭遇した場合は、ツルハシで戦うのだ。刀剣の所有は貴族や軍人にしか認められていないから、発掘師はツルハシやナイフで戦うしかない。

ちなみに俺が選んだツルハシは、片方が平たいバチツルハシと呼ばれるものだった。バチツルハシは尖った方で岩を砕き、平たい方で土を掘ることができる万能タイプのツルハシだ。俺はそのツルハシを背負い、腰にはホルダーに入れたスコップとナイフ、金づちを提げ、デニムパンツに綿の白シャツ、その上からポケットが沢山ある革製のベストを羽織った。ポケットには残りの七つ道具がしまってある。

　さておき、俺が配属された一班の中で男は俺とあと四人しかいなかった。皆、真新しい発掘師装備に身を固めているが、他の班もやけに男が少なかった。発掘師は女の人の方が多いのだろうか？　なんてことが頭によぎったが、今はそんなことを悠長に考えている場合ではない。

「今から試験を開始するわけだが、当然内容は理解しているな」

　山岸さんの問いかけに、黙って皆が頷いた。どの顔も真剣そのものであり、緊張感が否が応でも高まってくる。

「いいかよく聞け、お前たちは〝気〟力に関係なくランダムに班分けされている。それを考慮に入れたうえで協力し合い、目的のお宝を探し出せ。そして人数分掘り出して見せろ。お宝は人数分以上埋まっているが、幾つかは見つけにくいところにあるからな。言っておくが、協調性も試験項目だから忘れるなよ。試験時間は午後五時までの四時間だが捜索範囲は広い。心してかかれ。スコップは人数分用意してあるから必要なときはそれを使え。慣れてるやつは自前のツルハシで掘っても構わんぞ。それでは試験を開始する。始め！」

　山岸さんの号令のもと、試験が開始されたわけだが、捜索範囲として示された範囲は、四方に巨大な杭を打って示してあり、五百メートル四方ほどの広さがあった。

「じゃあ、リーダーって柄じゃないけど、とりあえず自己紹介するよ。ボクは高橋直哉〝気〟力は二百十だ。ハズかしい話だけどボクは去年この実技試験に落ちていてね、試験の内容と難しさだけはよく分かっているつもりだよ」

背の高い女にモテそうな、俺より少し年上に見える長髪の優男が簡単な自己紹介をしたわけだが、臆面もなく試験に落ちたと言い放った。が、決して卑屈な感じは受けず、どちらかと言えばお気楽な感じの男だった。

「わたくしは設楽ツグミと申します。〝気〟力は三百二十よ」

「私は峰岸香苗といいます。〝気〟力は百五十です」

「俺は山下――」

次々と自己紹介が進んでいく中、俺は自分の〝気〟力を正直に白状するか悩んでいた。皆の反応が怖かった。が、いずれはバレることだし、発掘師になるためには避けて通れないことだと自分を納得させた。

「俺は空といいます。〝気〟力は一万を超えていますが正確な数値は分かりません」

さっきも言ったが、俺は皆の反応が怖かった。しかし、予想とは別の反応を皆が見せた。俺は皆が驚くか、嘘を言っていると信じないものだとばかり思っていたが、女の人はうっとりと俺を見つめ、そしてさっきの高橋さん以外の野郎ども三人は、妬ましそうな視線を送ってきたのだ。

「いやぁ、キミが空君だったのかい。噂の始祖様と同じ班になれるなんて光栄だよ」

優男の高橋さんがそう言ってくれたことで、皆が示した反応の理由がなんとなく分かった。俺のことが噂になっているということは、一花ちゃんとの関係も当然皆が知るところとなっているはずだ。とくに野郎三人の射すような視線は、国民のアイドル的存在だと聞いている一花ちゃんと俺の関係を、良く思っていないからなのだろう。

「貴方が空さまなのですね。お会いできて光栄ですわ。わたくしは三田家長女の静香と申しますの。以後お見知りおきを」

「静香様だけズルいですわ。私は――」

静香さんと名乗る少女の自己紹介をかわきりに、俺は女の人にもみくちゃにされることになってしまった。いや、実に嬉し恥ずかしい状況なわけだが、こんなことをしていては肝心の試験に落ちてしまうし、一花ちゃんや遥に知られでもしたらどうなることやら。なんてことを考えていたら、高橋さんが状況を打開してくれた。

「まぁまぁ皆さん落ち着いて。そのくらいにしておかないと試験に落ちてしまいますよ。それに空君も困っていらっしゃる」

あんたがそのきっかけを作ったんじゃないか！　と、声を大にして言いたかったが、これ以上余計なことに時間を割くわけにはいかないだろう。

「あの、高橋さん」

「なんだい？」

「皆が〝気〟力を自己申告した理由は？」

「ああ、目的のお宝を探さないといけないんだけど、地中にあるそれを〝気〟で探ることは知ってるよね？」

それは言われないでも分かっている。あらかじめ予告されていた試験内容だったからだ。

「はい。理解しているつもりですが」

「〝気〟力が極端に違う人が集まって探ろうとするとね、〝気〟力が弱い人は強い人の〝気〟が邪魔になってお宝の反応が分からなくなるんだよ」

「なるほど」

試験内容は、捜索範囲に埋められたお宝を探し出し、掘り出すことだ。掘り出した数がそのまま合格者の数になる。つまり俺たちの班は二十個のお宝を掘り出せば全員合格ということになり、もし足りなかった場合は、試験官がつけた総合的な順位が低い者から不合格になる。遥に聞いたことだが、順位づけに〝気〟力は関係ないということだった。お宝発見の有無と、発掘師としてふさわしい行動をしているか否かが重要なことらしい。

「じゃあ気をつけることは他の人の邪魔をしないこと」

「そう、他の人の邪魔にならないように間隔をあけてお宝を探すんだ。とくに空君は〝気〟力が高いから慎重に行動してほしい。〝気〟を十分に絞って探してみて」

「分かりました」

「それじゃぁみんな、等間隔に並んでお宝を探そう。見つけたと思ったら印をつけることをわすれないように。それから、お宝を見つけてもスグに掘り出さずに次のお宝を探すようにしよう。そうしないと外れだったときに慌てることになるし、他の人の助けにもなるから。それじゃぁ、二時間後にこの場所に集まって結果報告でいいよね」

本人はリーダーって柄じゃないと言ってたが、このときの高橋さんは十分にリーダーとしての仕事をこなしていたと思う。一見頼りなさそうに見えるが、案外頼りになるのかもしれない。他の皆も高橋さんが提案したことに異論を挟まなかった。

ということで、ようやくはじまった実技試験だが、今からすることは〝気〟を使って地中にあるお宝を探し出すこと。お宝は発掘師協会が用意した十センチ角くらいのアルミブロックだということが知らされている。

俺はあらかじめ、遥に貸してもらった同じようなアルミブロックを彼女の実家の裏庭に埋めて、それを感じとる練習をしていた。が、これが本当に難しいのだ。埋めた深さは一メートルくらいだったのだが、地中にある小さなアルミブロックを〝気〟で探し当てるためには、感覚を研ぎ澄まして〝気〟を地中に流し込み、通りがいい場所を探し当てなければならない。俺はこの時代に来てまだ一年も経っていないのだ。〝気〟力は有り余るほどあっても、〝気〟のこういった使い方は初心者に等しい。

だから俺は死に物狂いで練習したのだ。おかげで今ではかなり深いところまで絞った〝気〟を通すことができるようになった。

「練習の成果を見せてやる。そして俺は発掘師になるんだ」

と、気合を入れて片膝をつき、右手を地にかざして探しはじめたわけだが、練習と違って現実は厳しかった。

山岸さんの説明によると、実技試験でアルミブロックが埋められている深さは、ほとんどが五十センチから二メートルの間らしいが、中にはもっと深いところに埋められているものもあるということだった。さらに、ここの地中には錆びた鉄くずや岩が紛れているらしく、それがアルミブロックを探す邪魔になるのだ。

しかしだ、いくら難しいからと言って発掘師になる夢を俺があきらめられるわけがない。探す時間は二時間。できるだけ早くこの試験会場の地中にある岩や鉄くずの感覚をつかみ取ってやる。そしてお宝を探し当てるのだ。

練習でやっていたように慎重に〝気〟を絞り、地中に伸ばしていく。頑張れば地中のかなり深いところまで〝気〟を通すことができるが、今はそんなことをする必要はないのだろう。が、念には念を入れておく必要があると思う。俺は万が一を考えて五メートル程度の深さまで〝気〟を伸ばしてみた。すると確かに通りやすい場所とそうでない場所がある。それが分かれば後は慣れだろう。

はやる気持ちを抑え、俺は慎重に〝気〟を伸び縮みさせながら、その通りやすさを感覚的に覚え込んでいった。土が一番通りにくく、岩、金属の順に通りやすくなる。が、試してみると地中の土や岩にもいろいろな種類があって、それが実に面倒だということが分かった。

そんなことが分かってもなんの足しにもならないと、最初のうちは思っていた。が、しばらく繰り返している内に俺は考え方を改めることにした。土や岩を細かく調べる必要などないのだ。探し出すものは〝気〟が通りやすい金属反応。あとはそれがお宝のアルミブロックか、ただの鉄くずかというだけのことなのだ。

「俺って要領が悪いのかなぁ。だがしかぁし！　攻略法を見つけた俺に死角はないのだ」

嬉しくなってそんなことをひとりでブツブツと呟いていたら、隣で探索している少女と目が合ってしまった。この人はたしか設楽ツグミと言っていたか。俺の隣にいるということは、彼女は一班の中で二番目か三番目に〝気〟力が高いということだろうけど、なんとも居心地が悪いというかこっぱずかしいことこの上ない。

「俺、なんか変なこと言ってました？」

「べ、別にわたくしは何も聞いておりませんよ。ええ、空さまが仰っていたことなど何も」

「……与太話をしている暇はないですね。早いとこ探してしまいましょう」

「もちろんですわ」

明らかに聞かれていたっぽい。けれども、ツグミさんは聞いていなかったことにしてくれたようだ。俺はそんな彼女に感謝しつつも恥ずかしさを紛らわすべく、探索作業にまい進するのだった。


そして探索をはじめた地点から、枯草をツルハシで払いつつ百メートルほど進んだころには、かなり要領よく探索ができるようになったことを実感できた。十分おきに山岸さんが経過時間を告げる鐘を鳴らしてくれているが、今は試験開始から三十分強の時間が経過したところだ。二時間たったら一旦皆で集まって見つけた数を確認することになっている。だから俺はあと一時間半弱で四百メートル探索しなければならない。すこしペースを上げるべきだろう。

俺はいまだにお宝らしい反応に行き当たっていないが、ちらほらとお宝発見を報告する声が聞こえている。

「俺も頑張らないとな」

「わたくしも頑張らせていただきますわ」

無意識のうちに呟いていた独り言を、またもやツグミさんに聞かれていたようだ。なんてことを考えていたら、反対側からも声が聞こえてきた。

「私も頑張りますわよ。どうか私をお忘れにならないでくださいませ。空さま」

あの人はたしか、静香さんと言っていたか。なんだか物凄くモテているような気がして嬉しいことこの上ないが、今はそんなことにかまけているときではないのだ。何としてもお宝を見つけ、俺は夢にまで見るようになった発掘師にならなければならない。だから俺は、ニヤけそうになる顔を引きしめ、当たり障りのない返事をして探索作業に専念することにした。

「忘れていませんよ静香さん。お互いに頑張りましょう」

「まぁ、空さまに名を覚えてもらえましたわ。しかも名を呼んでくださるなんて……私、嬉しくて泣きそうですわ」

気にしたら負けだ。負けだ。負け……無理だ。表情筋のゆるみを抑えることができない。もう彼女らのことは、頭の中から追い出して自分のすべきことを……いや、ダメだ。作業に専念しよう。

そう思って探索を再開した途端にツグミさんの声が聞こえてきた。

「あっ、これはもしかしてお宝かしら。あのっ、空様。もしですよ、もしも宜しければですけど、そのっ、お宝の確認をお願いできないでしょうか」

どうやら俺は、試験が終わるまでは彼女たちから逃げられない運命にあるらしい。というのは置いておくとして、ツグミさんが見つけたものが本物のお宝なら、是非にでもその感触を確かめるべきではないだろうか。

「分かりました。確認させてください」

「まぁ、嬉しいですわ」

言葉通り嬉しそうに恥じらっているツグミさんを横に、俺は彼女が見つけた反応を確かめるべく、慎重に〝気〟を地中に伸ばした。今まで何度も感じた岩らしき反応の直下、地中一メートル強の深さに、たしかにすこぶる〝気〟の通りがいい物体がある。その感覚を確認するように、何度も何度も俺は〝気〟でその場所をまさぐってみた。間違いない。岩があって分かりにくいが、この感覚は遥の実家の裏庭で練習したときに感じたものと同じだ。

「絶対とは言えないんですが、間違いないと思います」

「本当ですか！」

「はい。印を立てておきましょう」

俺に言われたとおり、ツグミさんは小さな赤い布きれを結んだ小枝を、その場所に立てた。

「じゃあ、次のお宝を探しましょう」

「ええ、本当にありがとうございました」

俺は自分の場所に戻り、さっきの感覚を忘れないように探索を再開した。そのとき、静香さんの「むぐぐぐぐ、負けませんわ。私も絶対にお宝を見つけて空さまに確認していただくのですから」という声が聞こえてきたが、俺は聞こえないふりをして探索に集中したのだった。

そして何ごともなく約束の二時間が経過してしまった。つまり、俺はお宝の反応を見つけられなかったということだ。割り振られた担当範囲はくまなく探したから運が悪かったということだろう。

なんて呑気なことを言っている場合ではない。お宝の反応を見つけたか見つけていないかは合否にも影響するのだ。理不尽なようにも思えるが、遥はそうではないと言っていた。運も実力のうちとかいうふざけた理由ではないらしい。見つけられなかった後の行動が重要なのだそうだ。

つまり、発掘師としてふさわしい行動をとれということだろう。さらに、山岸さんは協調性も試験項目だと言っていた。ということは、俺がとるべき行動は、集合場所に行って一個も発見できなかったと正直に報告すること。で、間違ってないよな？

少し不安だったが、俺は約束の時間より少し早めに集合場所へトボトボと向かったのだった。


「やあ、空君。結果はどうだったんだい？」

俺より一足先に集合場所にいた高橋さんが笑顔で迎えてくれた。が、ひとつもお宝を見つけられなかった俺は、彼の問いかけに答える口が重い。

「……一個も発見できませんでした」

「実はボクもダメだったんだよ」

高橋さんも、お宝を見つけられなかったらしい。というか、どうして彼はこれほど落ち着いた笑顔でいられるのだろうか。なんてことを考えていたら、後ろからどんよりとした、今にも泣きそうな声が聞こえてきた。

「申し訳ございません、空様。私、ひとつもお宝を見つけることができませんでしたの」

振り返ってみれば、そこには瞳に涙を浮かべ、今にも泣き出しそうな静香さんがうなだれていた。先に集まった三人が三人とも見つけられなかったというのは偶然なのだろうが、そんなことより、今は彼女に慰めの言葉を掛けておくべきなのだろう。

「気に病むことはないよ。俺だって見つけられなかったし、高橋さんも同じだよ」

「そうそう、君は与えられた範囲をきちんと調べたんだろう？　だったら空君の言うとおり気に病むことはないさ」

「ですが私は……」

彼女がそれ以上言葉を発することはなかった。そのうち、悲喜こもごもの顔をした受験者たちが集まってきた。全員の報告結果をまとめると、見つかったお宝の反応は、すこし深いところにあって、怪しいというか自信がないという自己申告のものを二つ含めて十七個だった。

「ということは、怪しいものを除いてあと五つ見つけることができれば全員合格できるね。前にも言ったように、ボクは去年の秋にもこの試験を受けたんだけど、そのときは二時間で十個しか見つからなかったんだ。それを考えるとこの結果は上出来だよ」

楽観的な高橋さんの言葉を聞いた一人の受験者が、切羽詰まった感じで異論を唱えた。

「上出来なもんか。俺はひとつも見つけることができなかったんだぞ。余裕ぶっこいてないで、どうしたらいいか教えてくれよ」

念願の発掘師になれるかどうか瀬戸際な今、どちらかと言えば、俺の心境はこの男に近いのかもしれない。が、この男のように教えを乞うのではなく、これから何をすべきなのかは理解しているつもりだ。

「まぁまぁ落ち着いて。話し合っている時間はあまりないからボクが提案していいかな」

高橋さんは皆の信頼を得ているようだった。俺もそうだが、皆一も二もなく頷いていた。

「じゃあボクの考えを言うね。まず、見つかったお宝を掘り出す人と、新たな反応を探す人に分けようと思うんだ。時間はあと二時間あるから、掘り出す人は五人いれば十分だと思う。残りの人はもう一回探索をしてほしいんだけど、〝気〟力が低い人が担当したエリアに、まだ見つかっていないお宝が眠っている可能性が高いと思うんだ。理由は言わなくても分かるとおもうけど、できれば〝気〟力が高い人が探索にまわって、低い人が掘り出しをしてくれると助かるかな。それから、怪しい反応を判別できる人がいると嬉しいんだけど。立候補する人は挙手してくれないかな」

高橋さんの提案はスゴク理にかなっていると俺は思った。けれども、判別係に立候補する者は現れなかった。かくいう俺も、判別に絶対の自信を持っているわけではない。ツグミさんのときは割と浅い位置だったから、九分九厘間違いないとは思っているが、今回の判別対象は、すこし深いところに埋まっているという。とかなんとか考えていたら、

「あの、わたくしは空さまを推薦いたしますわ。空さまは私が見つけた反応を判別してくださいましたから」

と、ツグミさんに推薦されてしまった。

「じゃぁ空君、推薦もあることだし、お宝の判別をお願いしてもいいかな？」

そして高橋さんにもお願いされてしまった。この状況で断ったりしたら皆の反感を買うかもしれ

ないし、それよりも、男がすたると俺は思った。そこまで頼りにしてくれるならやってやろうじゃないか。

「分かりました。絶対の自信があるわけじゃないから、そのお宝は俺が掘り起こします。判別してお宝だと思ったらですけど。それでいいですか？」

俺の問いかけに反論は出なかった。怪しい反応を見つけた受験者二人も頷いている。

「じゃぁ、反論も出ないようだから空君にお願いするよ」

ということで、俺はさっそく、怪しい反応があったという場所に案内してもらった。

「ココです。凄く深いところにあって金属なのは間違いないと思うんですけど……」

案内してくれた少女は、メガネっ娘で清楚な感じがしたが、スゴク申し訳なさそうにしていた。

「じゃあ今から探ってみますね」

「お願いします」

片膝をついて地面に右手をかざした俺は、今まで何回も何回もやってきたように、地中に〝気〟を伸ばしていった。二メートルを過ぎても反応はなく、彼女が言うとおり、たしかに深い位置に金属反応があった。俺の感覚では三メートル強だ。

「たしかに、三メートルちょっとの深さに金属反応があるね。でも、これはお宝じゃないと思う。大きいんだよ。形もいびつだし、五十センチくらいあるかな」

判別の結果を聞いた少女は、ガックリと肩を落として落ち込んでしまった。が、次の瞬間には、勢いよく頭を下げて謝ってきた。

「無駄足を踏ませてしまってゴメンナサイです。こんなことでクヨクヨしてちゃダメですよね。わたしは皆のところに戻ってもう一回探してみます。判別してくださってありがとうございました」

「うん、気にすることはないと思うよ。これだけ深い位置の金属反応が分かるなら、二メートルくらいまでの深さにある本物の反応は絶対に分かると俺は思う」

「そうなんですか！　空さんにそう言ってもらえてスゴク嬉しいです。もうひとりの方を呼んできますね」

少女はそう言って嬉しそうに駆けて行ってしまった。立ち直りの早い人で助かった。可愛い人だったけど、名前を聞くのを忘れてしまったな。とかなんとか考えていたら、別の少女が俺の方に駆け寄ってきた。髪が短めで、ボーイッシュな感じがする娘だった。

「次はあたしの番ね。案内するわ」

そう言うと、少女はすたすたと歩き出したのだった。俺もその後に続く。

「この下二メートルくらいなんだけど、あたしは〝気〟の扱いがあんまり得意じゃなくて……」

「実は俺も、金属探査の練習しはじめてひと月くらいだから、得意とまでは言えないんだ。でも探れる深さだけは自信があるかな」

「空くんは始祖様だものね。探れる深さは〝気〟力の強さに比例しているっていうから羨ましいし凄いわ」

俺の〝気〟力が高いのは努力したからではなく、たまたま授かったものだから、得意になったり自慢したりする気にはなれなかった。もちろん〝気〟力が高いに越したことはないし、それが嬉しくないかといえば嬉しいに決まっている。が、他人から称賛されたりスゴイと言われたりすると、むず痒いものがあった。

「別にスゴイとかスゴクないとかはどうでもいいことなんだけど、俺は発掘師として、探査能力を伸ばした方が役に立てるのかもしれないね」

「そうすべきだと思うわ」

そんな会話の間も俺は慎重に探査を行っていた。そして彼女が報告したとおり、深さ二メートルのところに金属反応があった。これはツグミさんが探し当てたものと同じ反応だった。

「間違いなくお宝だと思う」

「ホント！　やったわ。あたしスコップとってくるね」

そう言って、彼女は喜びを隠そうともせずにスコップを取りに走った。そしてすぐに彼女が走り戻ってきた。

「宣言したとおりお宝は俺が掘り出すよ」

「あたしが掘ろうと思っていたんだけど、そういえば空くんが掘るって言っていたわね……」

「そう、掘り出してみて間違いでしたじゃ責任とれないだろ？　だから俺が掘るんだ」

「分かったわ。お願いします」

スコップを受け取った俺は、有り余る〝気〟力を存分に発揮して縦穴を掘った。装備しているツルハシで掘れないこともないが、真下に掘る場合はやはりスコップの方が早い。どちらかといえば、ツルハシは水平方向に掘り進むときに威力を発揮するのだ。

ということは置いておいて、掘りはじめて三十分もしないうちに直径一メートル五十センチ深さ二メートルの縦穴を俺は掘り進めた。そしてその底から。

「出た！」

両ひざに手を当て、興味深そうに、そして興奮気味に穴の縁から覗き込んでいた彼女に出てきたお宝を差し出した。

「これがお宝なのね。ただのアルミブロックみたいだけど、試験で用意されたものだから実感があまり湧かないわ。だけど、発掘師になって本当のお宝を掘り当てたときは、きっと凄く嬉しいんでしょうね」

白錆が浮き出た約十センチ角の小さなアルミブロックを受け取り、しみじみと眺めている彼女を横目に、俺は掘った穴からジャンプ一番飛び出した。

「さっそく高橋さんのところに持っていこう」

「ええ」

実際に現場で発掘した本当に本物のお宝を手にしたときは、もっと大きな喜びが湧き上がってくるのだろう。たしかに俺はトレジャーハントの経験はあるが、高額で換金できるような本物のお宝というものを探し当てた経験はもちろんない。たとえ試験で用意されたお宝とはいえ、自分の力で探り当てたお宝を手にするということは、発掘師にとって何物にも代えがたい喜びなのだろう。

しみじみとアルミブロックに見入っている彼女を見て、俺は発掘師になりたい気持ちがますます強くなっていた。

自分も探索をしながら全体の取りまとめをしている高橋さんのところに、俺と彼女は掘り出したお宝を持っていった。

「お疲れさま。一つハズレで一つはアタリだったようだね。さっき新しい反応が一つ見つかったから、これでお宝は十七個確保できたけど、まだあと三つ見つけないといけない。時間はあと一時間とすこしだから、頑張って見つけないとね」

「お宝は今何個集まってるんですか？」

「空君たちが持ってきてくれたので十七個目だよ。さすがは発掘師の卵たちだね。いや、ボクもそうなんだけど、自信があると言った反応は全部アタリだったよ」

そう言って高橋さんは大きな麻袋に入ったお宝を見せてくれた。数えはしなかったが、彼の言う通り全部で十七個あるのだろう。

「あと三つですね。じゃあ俺たちも残りのお宝を探すってことでいいですよね」

「うん、もちろんそうしてくれると思っているよ」

「じゃあココからは別行動で」

「分かったわ。幸運を期待してるね」

残り時間はあと一時間と三十分弱。確実に合格するためには是が非でも残り三つのお宝を見つけ出して掘り出さねばならない。そう心に誓い、さっきの彼女と高橋さんと別れた俺は、残りのお宝を見つけるべくさっそく探索を開始したのだった。

残り時間があと三十分に迫ったところで十九個目のお宝が掘り出された。しかし、発掘師に絶対なってやるとかほざいておきながら、俺はまだ一つもお宝の反応を見つけるに至っていない。

お宝が十九個見つかったことで、探索中にもかかわらず大多数の受験者に安堵の色が見られる中、俺と数人の受験者は、必死の形相で探索を続けていた。必死になっている連中は自分が落ちるかもしれないと思っている受験者だろう。まあ、俺もそうなのだが、探索範囲が広すぎて、今の俺の技術じゃどこに埋まっているかなんて皆目見当もつかないのだ。

「こんなことになるならもっと探索の特訓を積んでおくんだった」

と、後悔を口にしても後の祭りなわけで、今はすこしでも早く最後の一個を見つけなければならない。しかし、このままやみくもに探索を続けることが果たして正解なのだろうか?

そんなときだった。

「畜生！　どうして俺には見つけられないんだ」

フィールドの端の方から、男の叫ぶ声が聞こえてきた。この声は確か、楽観的な高橋さんに異論を唱えた男のものだ。名前までは思い出せないが、顔と声はまだ覚えている。が、そんなことはどうでもいいことだった。彼の気持ちは痛いほどよく分かるが、彼にどうこう言うつもりなどまったくない。

しかし、彼のように焦ってやみくもに探しても、きっとお宝は見つからないだろうと冷静になることができた。時間はまだ三十分ある。その三十分で俺にできること。それは他の受験者が探していない場所を探索することだ。

そんな場所があるのか？　そう自問しながらフィールドを見渡してみれば、確かに他の受験者が探索していないだろう場所が分かった。それは、地下五メートル以上の深いところと、大きな岩やがれきの下だった。

「しかし、地下五メートルとなると探し当てても掘り出す時間がないよな……」

となれば残る探索場所は大きな岩やがれきの下しかない。受験者は自分の直下二メートル程度までを探索しているはずだ。探索距離が延びる障害物の下は探っていない可能性が高い。なぜなら、大きな岩やがれきの山に登って、その下を探索している受験者は見かけなかった。

うぬぼれているわけでは決してないが、この天啓とも言うべき閃きに俺は従うことにした。というか、このときの俺は発掘師になりたいという一心でゾーンに入っていたのかもしれない。

思い立ったらすぐさま行動にうつす。というか、迷っている時間など俺にはなかった。〝気〟力が高い受験者に協力を仰ぐことすら忘れていた。目についた大岩やがれきの山まで全力で駆け寄り、その直下をナナメに探っていく。

一か所にかけられる時間は十秒ほどだ。ざっと〝気〟を通して疑わしき反応が無かったらすぐにあきらめ、別の場所に走る。それを繰り返して十数回目のことだった。

「見つけたぁ！」

俺は天を仰ぎ見るようにして絶叫していた。しかし、感慨にふけっている時間はない。わらわらと受験者が寄ってくる中、俺は眼前の大岩をどうしてやろうかと考えていた。

「その下にあるのかい？」

「間違いなくこの岩の下に埋まっている」

「よくそんな場所で見つけたね。お手柄だよ。空君」

少し興奮気味の俺に声をかけてくれたのは高橋さんだった。

「問題はこの岩をどうするかなんですが、時間はあと十分くらいですよね？」

「そのとおりだね。脇から掘り進めるしかないだろうけど……」

直径約十五メートル、地面から突き出た高さ四メートルはあろうという大岩の下、深さ約二メートルのところにお宝の反応があった。

「掘っていたらとても間に合わないだろうね。それに、この大きな岩をどかすことは難しいけど……全員で力を合わせればもしかしたら」

「よし、やりましょう高橋さん。全員を集めてこの岩を転がすんです」

「そうだね。それしか方法はないだろうね」

方針が決まり、高橋さんが大声を張り上げてまだ探索を続けている受験者を呼び集めた。残り時間はあと数分だ。

「みんな、力を合わせるんだ！　せーのっ！」

力を合わせて気合いを入れるにはどこか頼りない高橋さんの掛け声に合わせ、集まってくれた受験者全員で大岩を転がそうとこころみた。が、しかし、敵もさるもの、大岩は微動だにしてくれない。もちろん俺は皆の中心というか要の位置で大岩を押しているのだが、ただ力を入れるだけでは到底歯が立ちそうになかった。

このままではダメだ。もっと効率的に力を伝えないと大岩は動いてくれそうもない。もっとこう、何か画期的な方法はないのか？　大岩が重すぎて動かないのなら……。

「そうだ！」

「どうしたんだい？　空君」

「俺に考えがあります。皆さん、十メートルでいいですから岩から離れてもらえますか。説明している時間が惜しいんです」

俺の言い方があまりにも必死だったからだろうか、受験者たちは無言で大岩から離れてくれた。そして俺も同じように、十メートルの距離を大岩からとった。

シンと静まり返るなか、俺は体中に張り巡らされた有り余る〝気〟全てを右拳に集中させ、練り上げていく。山小屋でかつて対峙した、あの大猿のときをはるかに超える〝気〟を拳に集め、圧縮し、鋼よりも硬く、そして鉛よりも重くなるように意識を昂らせる。

「まだだ、まだ足りそうにない」

そう思った俺はさらに大岩から距離をとり、その間も練り上げた〝気〟を圧縮し続けた。そして十数秒ののち。

「うん、いけそうだ」

大岩から三十メートルほど離れた位置で、これ以上にないほどに昂らせた意識とともに、〝気〟

と想いを乗せた右拳を引いた。そして全力全開のダッシュで大岩に迫った。発掘師への想いを乗せた渾身の右ストレートを大岩に突き入れる。同時に超圧縮していた〝気〟を全開放した。

俺の右腕が食い込んだ大岩に幾筋もの亀裂が入り、ガラガラと崩れ落ちて小山になった。

「うそ、だろ……」

後ろからそんな声が聞こえてきたが、数瞬ののちには黄色い歓声があがっていた。右手に痛みはなく、俺の目論見《もくろみ》は見事に成功した。が、しかし。

「時間がありません。手伝ってください」

感慨にふける暇も惜しんで俺は崩れた岩をどかしにかかる。もちろん皆も手伝ってくれた。

「あった。あったぞ！　これで二十個目だぁ！」

とまぁこんな感じで試験に無事合格し、念願の発掘師になった俺は、当日に免状を交付され、いわば新人研修のようなものに参加することになった。しかし、研修まではけっこう時間があった。俺はその時間を有効に使い、というのは方便で、実のところは、はやる気持ちを紛らわせるためと、試験で痛感したことを是正するため、〝気〟によるお宝探査の猛特訓に明け暮れたのだった。

さておき、研修は二級発掘師採用試験に合格すると、必ず受けなければならないものだが、何事も形から入らないと気が済まない俺にとって、うってつけのありがたいイベントであり、かつ、実地研修ということもあって、楽しみで仕方がないのだ。

これは断じて、合格者に可愛い女子が多かったからとか、研修で彼女らにカッコいいところを見せようだとか、あわよくばその結果、可愛い女子とお近づきになりたいとかいう不純な理由からではない。名誉にかかわることだからもう一度言うが、断じてない。

登場人物紹介3

鴻ノ江ヒカル

Hikaru Kounoe

未来で行き倒れていた空を助け出した老人。空のことを気に入り、孫の遥とくっつけたがっている。

「のう、空よ。遥とはもう、やることやったんか？」

「自分の家だと思って、遠慮なく使ってくださいね」

鴻ノ江琴音

Kotone Kounoe

遥の3つ違いの妹で、姉の恋路を心配している。姉とは対照的におしとやかで、胸も大きい。

第四章

「さぁて、行くとしますか、発掘師研修に。ワクワクが止まらないぜ」

試験が終わった十日後、陽が昇る前に協会に集合した二級発掘師採用試験合格者は、割り振られた班にそれぞれ分かれ、八台の馬車に分乗して研修が行われる鉱山に向かっている。合格者は八十名弱であり、一つの班に十名から九名の新人二級発掘師が割り振られていた。俺と一緒に合格を果たした高橋さんは別の馬車だ。

協会を出発した馬車は、隊列を成して東に進み、正面から陽が昇ってきたころには、堀にかかるいくつかの橋を越えて大公国の生活圏を出ていた。

今、俺が向かっている場所。それは大公国の東、かつての三島市にあたる場所で、古くから遺物の発掘が行われている三島鉱山だ。三島市といえば、大手樹脂メーカーや自動車メーカーの工場があったはず。遥に聞いた話では、三島鉱山は二百年以上前から発掘が進められていることもあり、掘りつくされてはいないが、大物はすでに掘り出されているということだった。

しかし、と俺は思う。人の手で掘り進めたとして、二百年程度で三島市全域を掘りつくせるとはどうしても思えないのだ。きっとどこかに大物が眠っているはず。そのお宝を俺が掘り出してやる。

ちなみにこれは陽一さんから聞いた話なのだが、現在は西暦で言うと六千二百年程度なのだそうだ。程度と言ったのは、正確な記録が残っていないからということであり、和国に残る歴史の記録を陽一さんが検証して推定した数値だからだ。この数値が事実なら、俺は四千年以上シェルターの中に閉じ込められていたことになる。

「四千年かぁ……」

四千年前に生まれた俺がそれだけの時を超え、かつて青春を謳歌していた時代の物品を、遺物として掘り起こそうとしているのだから、その心境はワクワク感とノスタルジック感が入りまじった奇妙なものだった。

話を戻すと、俺は今、三島鉱山に向かう馬車の中で、かつての遥の同僚であり、特級発掘師でもある山岸さんと、新人二級発掘師十名の中に混じっている。

悲しいことに、あれだけいた女子たちは、全員別の馬車に分乗しているのだ。すなわちこの馬車には、むさ苦しい野郎どもしか乗っていない。しかも、その野郎どもは俺に向かって敵意むき出しの刺すような視線を送ってきやがる。居心地が悪いことこの上ない。

「なんだかなぁ」

まぁそれは置いておくとしても、特級発掘師として仕事に復帰した遥は、インストラクター兼護衛として別の班に同行している。俺の班のインストラクターは山岸さんだ。鉱山では妖魔が出没する可能性が大きく、新人発掘師だけでは対処できない可能性がゼロではないこともあり、護衛も兼ねたインストラクターが同行するらしい。

「遥に聞いたんですけど、三島鉱山には妖魔化した野ネズミとかイヌ、ネコが出るらしいですね」

「その通りだ。雑魚だからお前やこの班の連中なら余裕で勝てるが油断だけはするなよ」

「分かってますけど、俺が山小屋にいたときに襲ってきた山猿よりもはるかに格下なんですよね？」

「まぁその通りだ。が、ネズミの場合は数が多いから注意が必要だからな。まれに出る大型の山犬には妖魔化していようがいまいが気を配っておく必要があるぞ」

山岸さんが言うことは尤《もっと》もなことだろう。

ちなみに、俺が〝気〟を垂れ流していたら寄ってこないんじゃないの？　と、遥に進言したら、そんなことをしたら野獣は寄ってこないが、妖魔が寄ってくるから意味がないと、至極ごもっともな答えが返ってきた。

注意点として、もし実体を持たない妖魔が出現したら、〝気〟を放出して対消滅させればいいとのことだった。有り余る俺の〝気〟をぶつければ、簡単に消し飛ぶらしい。

ただし、よほどのことがなければ、自分に襲い掛かる妖魔以外は相手にするなとも遥は言っていた。出現する妖魔に対応できないようでは、発掘師としてやっていけないし、新人研修にもならない。もしものことがないように、常にインストラクターが目を光らせているから、俺は割り振られた役目をこなすだけでいいらしい。

◇◇◇◇

一方、空たちが乗る馬車の後方、遥がインストラクターを務めることになった班の馬車の中では、うら若き乙女たちが恋の話に花を咲かせていた。とは言っても、その対象は一人の男に絞られており、その男の恋人と噂される遥が同乗していることもあって、小声でのひそひそ話だ。

『空様と同じ班にはなれませんでしたね。残念ですわぁ』

『でもでも、遥さまの引率に当たったのはラッキーだと思いませんか？』

『それにそれに、空様は殿方だけの班でしたわ。条件はみんな一緒、全員にチャンスがありましてよ——』

彼女らは、空目当てに二級発掘師採用試験を受けて合格した貴族家の娘たちだ。そもそも発掘師採用試験は、落とすための選抜試験ではないので、〝気〟力が基準を満たしていれば、決して簡単ではないが、努力次第で合格することができる。

一般的に〝気〟力が高い傾向にある彼女ら貴族家の娘が合格することは、不思議でも何でもないのだ。筆記試験会場では、貴族家の娘らしい華やかな服装だった彼女たちも、発掘師の研修に参加しているだけあって、発掘師らしくベストにパンツスタイルで、背にはツルハシを装備していた。

そして、そんな彼女たちから少し離れた位置に、空目当てではなく純粋な気持ちで発掘師になった少女が座っていた。艶のあるサラサラの黒髪を短くショートに切りそろえ、ゆとりがあるベージュのパンツに白いシャツ、その上にカーキ色のベストを羽織り、背には当然のごとくツルハシを装備している。

——あの方たちは発掘師をなんだと思っているのかしら。

恋バナに花を咲かせる乙女たちに少しあきれ顔の彼女も貴族家の娘ではあるが、将来は自立して発掘師として生計を立てるという目標があった。〝気〟力は発掘師になれるほどには高いので、軍に入隊するという選択肢もあったが、規律の厳しい軍よりも、自由な発掘師に魅力を感じていた。

そんな彼女の名は御堂鈴音《すずね》。あの、御堂虎次郎の腹違いの妹である。

しかし鈴音は、御堂家に在って、兄の虎次郎とは正反対の性格をしていた。兄虎次郎は〝気〟力も高いが、それ以上に選民意識が高く、自分も身分的には平民であるにもかかわらず、たとえ発掘師であろうと自分以外の平民を見下す傾向があった。

彼にとって、貴族家直系の嫡男であり、大公国有数の貴族家である御堂家の跡取り息子であるということが、その思い上がった性格を生み出している。そんな虎次郎にとって、尊《たっと》ぶべきは身分と教養、そして強さと勇敢さであり、自身は政治家としての道を歩んでいた。

政治家として実績を上げ、爵位を得て御堂家の次期当主としての面目を保つ。そしてゆくゆくは、一花の夫になる。これが虎次郎の目指すところなのだ。

さておき、そんな虎次郎を兄に持つ鈴音は、天真爛漫な性格の母のもとで育ったということもあるが、人を見下す虎次郎を快くは思っていなかった。

――私は発掘師になって自立するんだから。

鈴音と虎次郎は、同じ屋根の下に暮らしてはいるが、二人の間に会話はほとんど無く、すれ違いの生活を送っていた。彼女の父、現御堂家当主の虎徹は良識ある有能な男であるが、その忙しさもあって、ねじ曲がってしまった長男や、その他の妻や子供たちに接する時間が取れないことに悩んでいるのだった。

そんな環境で育った鈴音は、十八になって成人したことを契機に、昔から憧れていた発掘師になった。そして、彼女の最も憧れる存在は、馬車に同乗している特級発掘師の遥、その人だった。特級発掘師である遥は、一般人にはあまり名が知れていないが、発掘師や発掘師を目指す者の中には、憧れる者も多い。

荒くれ者が比較的多い発掘師の中にあって、相手がたとえ男であっても物怖《お》じすることなく意見し、そしてひるまない遥の姿を、鈴音は幾度となく見かけていたことによるところ大きかった。

——遥先輩の前で失敗しないようにしなきゃ。

憧れの遥が指導する班に割り振られた鈴音は、その幸運を喜び、また、一人静かに気合いを入れなおしていた。

公国を出た馬車の隊列は、荒野と深い森を縫うように走る道を東進し、ようやく昼過ぎになって三島鉱山の入り口にたどり着いた。鉱山入り口は広場になっており、それを取り囲むように二階建ての建物が何棟かと、空《から》の大きな荷馬車や、何頭かの馬が入った厩舎があった。

八台の馬車からは続々と新人発掘師たちが降り、女性発掘師に囲まれた遥の姿もそこに在《あ》った。さすがに遥は特級発掘師というだけあって、特に女性発掘師には大人気のようだ。

そして、馬車を降りた俺の目に飛び込んできたのは、深い森を南北に割くように続く広い道と、そこから伸びる幾筋もの分かれ道。そして、森の所々にはビルの残骸だろうか角ばった建造物らしきものが顔を出していた。鉱山というわりには山などどこにも見えない。

「新人はここに整列しろ！　いいか、班ごとにだ」

山岸さんが大声で叫ぶと、慌てて新人発掘師たちが彼の前に八本の列を作った。俺は一番右の列の最後尾に並んでいる。遥をはじめ、インストラクターの人たちは山岸さんの後ろに並んでいる。

「いいか、ここは三島鉱山の入り口でもあり、発掘品の集荷場でもある。今からお前たちはあの建物で昼食をとって、その後は班ごとにそれぞれ研修に移ってもらう。期間は今日を含めて一週間だ。ここには宿泊施設もある――」


班ごとに分かれて昼食を摂《と》った俺たちは、その間に三島鉱山の歴史や、鉱山の種類、鉱山に入ってからの注意事項、発掘品の取り扱い、今日の予定などを聞いていたのだが、その間、俺に向けられていた視線のせいで、なかなか昼食がのどを通らなかった。

視線の犯人は昼食を摂っている新人発掘師のほぼ全員だ。これほどまでに視線の集中砲火を浴びなければならないのか、いたたまれなくて小さくなっていたら、山岸さんが耳元でコッソリその理由を話してくれた。それも楽しそうに。

『お前、一花様と腕組んで歩いてたそうじゃないか。しかも遥嬢とも仲がいい。野郎どもの視線が痛いだろう？　全員お前を妬んでいるんだ。よかったなぁ』

冗談じゃない。言われてみてようやく思い出した。一時は危惧していたが、試験のせいで完全に忘れていたのだ。俺と一花ちゃんの関係が噂として広がることを。しかも、遥との関係まで広がっているっぽい。

『良くないです！』

『まぁ、野郎どもはともかく、女連中は全員お前狙いか。この色男めが』

そう言って肘で俺を小突いた山岸さんは、それはもう楽しそうに笑っていた。遥に聞いた話だが、山岸さんは独身じゃない。だからこれほど楽しそうにしていられるのだろう。他人の不幸ほど人は楽しいということを、このとき俺は身を以て実感したのだった。

確かに俺は、新人発掘師の女子たちにカッコいいところを見せようと息巻いていた。それなら、野郎どもの妬みの視線は置いておくとしても、女子たちの熱い視線は喜ぶべきでは？　と、思う人が多いかもしれない。しかしそれは、カッコいいところを見せたあとのことであって、彼女らの視線は恐らく俺の〝気〟力や、将来性を見据えてのものであることは間違いないだろう。

カッコいいところを見せて「キャー素敵ぃ」と黄色い歓声を浴びるのは至上の喜びだが、天からもらった才能、偶然手に入った才能だけをとって、いくらチヤホヤされても嬉しくもなんともない。

贅沢なエゴだと非難されてもいい。チヤホヤされるのはそれなりの行動による、大義名分が俺は欲しいのだ。その行動のよりどころが、たとえ天からもらった偶然の才能を使った結果であっても、大義名分があるのとないのとでは大違いだろう。

「俺ってメンドクサイ男なのかなぁ」

「いきなり何を言ってるんだ。お前は？」

「独り言です。気にしないでください」

いろいろと御託を並べてみたりもしたが、実のところ、これだけの数の女子たちにチヤホヤされることに対する免疫が俺にはなかったというのが、このとき素直に喜べなかった理由なのかもしれない。

妬みの視線と熱いまなざしが注がれる中、俺は今からはじまる発掘師としての人生に、これ以上悩みの種が増えませんように、そして充実した発掘師ライフが送れますようにと願っていた。果たして、俺の願いはかなうのだろうか？


発掘師新人研修初日。三島鉱山の入り口にあたる集荷場で昼食を済ませた俺たちは、乗ってきた馬車に再度分乗して鉱山の大通りを東進していた。馬車は十トン車の荷台程度はある大型のほろ付きであり、馬一頭でこれを軽々と引いている。さすがにこの時代の馬は、文字どおり馬力が違うようだ。

「集荷場に戻るまでに、この馬車に発掘品を満載できれば上出来だからな。掘り進められた鉱山でも、一週間あればその程度の量は発掘できるかもしれない。まぁ、運がよければ、だが」

「ということは、これから一週間鉱山で野営ですか？」

「当然だ。野営は嫌か？」

「とんでもないっす。望むところですよ」

発掘のためなら野営でも何でもドンとこいだ。というか、こういったアウトドア生活に俺は憧れていたのだ。嫌もなにもあるわけがない。

与太話はさておき、集荷場から見た三島鉱山は、深い森を大通りが分断しているように思えたのだが、いざ大通りを進んでみると、森に見えたのは集荷場周辺の半径五百メートルほどであり、その森を囲むように、おそらく妖魔や野獣避けの堀に、水が湛えられていた。なぜ集荷場周辺に森が残されているのか、山岸さんにその理由を聞いてみた。

「ああ、集荷場の周りはろくなもんが採れなかったんだ。理由はあとで説明するが、森が残っているのは整地が後回しになっているだけだ――」

なにか特別な理由があると思って期待していたら、後回しにされただけという味気ない答えが返ってきた。堀で囲まれているのは、土木工事に携わっている人たち、すなわち〝気〟力の低い人たちが宿泊しているからであり、俺の予想どおり彼らを妖魔から守るためらしい。

まだ何十年か先の話になるが、鉱山全域の発掘を終えたのち、全てを埋めもどして整地し、三島鉱山はひとつの都市になる予定とのことだった。鉱山の外縁では、大公国軍と土木業者が妖魔や野獣から将来の都市を守る堀を掘っているとも言っていた。

「なぜ軍と土木業者が?」

「作業にあたる土木業者のほとんどはな、〝気〟力が百に満たない一般の者たちだ。軍の護衛がなければ危険で作業どころじゃなかろう。ちなみに、鉱山の整地作業も同時に進められていてな、鉱山内部にも土木業者や公国軍が常駐しているぞ」

馬車に分乗した俺たちは、鉱山の中央近くまで大通りを進んだところで左、すなわち北に進路をとった。

「北に比べるとな、南の方に出現する妖魔が弱くて安全なんだ。そして鉱山東部はもう掘り出せるものがあまり残っていない」

「そうなんすか」

整地された鉱山は、というか、森を抜けてから鉱山中央部にいたるまでは、区画整理されたように道が作られており、ここがいずれは都市になるだろうことが、容易に想像できた。

しかし、馬車が北上するにつれ大地は荒涼となり、島のように残された森や、ぽっかりと空いた大穴が目立ちはじめた。整地にはげむ土木業者や、それを守るように周囲を警戒する軍人たちも見かけるようになった。馬車は途中で三方向に分かれ、俺たちが乗る馬車ともう一台がそのまま北上を続けたのだった。

集荷場を出発して二時間ほどたったころ、ようやく馬車は目的の発掘現場に到着した。研修を行う発掘現場は、小山の一部を切り崩した崖に、ぽっかりと坑道の入り口が姿を見せていた。崖からは、かつての建物の一部だったのだろう鉄筋や、むき出しになったコンクリートが顔を出している。ボロボロになったそのコンクリートを見ると、否応なしに二十一世紀の大都会を思い出してしまった。

「ここがお前たちが入る坑道だ。しかし、その前にいくつか説明しておくことがある。いいか、お前たちは合格者の中でも〝気〟力が高い者が集められたふた班だ――」

坑道の入り口を前に、山岸さんが説明をはじめたわけだが。遥がインストラクターを務める女子たちの班とともに、俺たちの班もその説明を聞くことになった。

「――お前たちが入ろうとしている坑道はだな、三島鉱山北部の中でも比較的強い妖魔が出現する。なぜそんなところに入るのか？　それはお前たちが将来一級以上の発掘師になることを見越して、はじめから難易度が比較的高い坑道を選んだということだ。そしてよく聞け。ここでお前らが掘り出すのは主にアルミとガラス、それに銅のケーブルと樹脂だ。大型の機械や宝玉が出る場合もある。その他にもお宝は何種類もあるが、それは俺かそこの遥嬢にそのつど聞くように。そして、手当たり次第に掘っても効率が悪いことは分かるな。お前らもすでに予習していると思うが、地中には〝気〟だまりと〝妖気〟だまりがある――」

〝気〟だまりとは、その名の通り〝気〟が閉じ込められていたりして、その濃度が高い場所であり、〝妖気〟だまりもその名の通り、〝妖気〟が溜まっている場所らしい。

〝気〟には、物質の状態を保存する効果があって、その濃度が高い〝気〟だまりには、腐食することなく金属や樹脂が埋まっているそうだ。〝妖気〟に関してはその逆で、〝妖気〟だまりにある金属や樹脂は、腐食したりボロボロになったりしているらしい。

さらに、〝妖気〟だまりには妖魔が潜んでいることがあり、そこを掘る必要がある場合は、十分に注意して発掘作業を進めなければならないということだった。

「いいか、特にお前らは〝気〟力が高い。それを十分に活かして〝気〟だまりと〝妖気〟だまりを見極めろ。そして、お宝を掘り当てるんだ――」

効率のいい発掘をするためには、自らの〝気〟を地中に浸透させて〝気〟だまりを見つけ、〝妖気〟だまりを避けていく必要がある。また、〝気〟だまりや〝妖気〟だまりは、地中にできたがれきの隙間などの空間であることが多く、それらの空間は、他の空間とつながっていたりするため、〝妖気〟だまりには、妖魔化したネズミや、物理的実体をもたない妖魔が潜んでいることがあるそうだ。

地中深くに行くほど、〝気〟だまりにしろ〝妖気〟だまりにしろ、その濃度が高くなる傾向があるらしい。すなわち、地中深い所で出現する妖魔ほど、手ごわいということだった。

「――以上で説明は終わりだ。ランタンは持ったな。坑道に入るぞ」

俺が背にしているツルハシより一回り程大きなバチツルハシを背に担いだ山岸さんが、ランタンを片手に先頭で坑道に入り、男子班女子班の順で後に続いた。俺は男子班の最後尾で、遥は女子班の最後尾、つまり、しんがりを歩いている。

歩きながら坑道の中を見わたせば、少しずつ下って曲がりくねった道の要所要所に崩落防止の木組みがしてあり、途中何か所か広いスペースを通り抜けて俺たちは奥へと進んだ。

そして、おそらく坑道の最深部だろう広いスペースにたどり着いた。このスペースだけ天井が高く、一部に穴が開いているようで、そこから薄く光が射し込んでいる。壁や足元の土の中には大量のコンクリートやアスファルトが混ざっていた。おそらくここは、道路、それも陸橋か何かだったのだろう。

「ここがこの坑道の最深部だ。ここには神話時代の車が大量に埋まっていたと聞いている。いいか、車にはベアリングという軸受けや、僅かだが銅線やアルミが使われている。車に使われているガラスや鉄のキロ単価は安いが――」

そのほか、バッテリーやタイヤ、エンジンなど、車には様々な部品があるが、それらの部品のほとんどは今の時代ではまず使えないゴミだということだった。もし使えるバッテリーやタイヤを掘り出せれば、それはそれで利用価値が高いとも言っていた。

おそらく、車のエンジンなどは、電子制御ができない今の時代では、使えないシロモノなのだろう。さらに、ガソリンやオイルなどは、腐らずに残っていればその価値は高いとも言っていた。残念なことに、鉄などは大量に見つかるため、そのキロ単価は極めて安いと遥が言っていたことを思い出した。

「ここがお前らがはじめて発掘をする場所だ。いいか、今回は研修だからな、前にも言ったように発掘したお宝は誰が掘り出そうと、お前ら全員で山分けだ。協力して作業にあたれ。野郎共の一班は右側、二班は左だ、手順どおりに作業をはじめろ」

山岸さんの号令で、俺たち一班は右側の壁に、女子たちは左側に別れたのだが、右の壁に行こうとしたところで山岸さんに呼び止められた。

「空、お前は奥の正面から広範囲を探れ」

「なぜ俺だけ？」

「お前の〝気〟力が高すぎるからだ。他の新人たちに混ざるとお前の〝気〟が強すぎて、あいつらが〝気〟だまりを探れん」

山小屋にいたときに〝気〟を扱う訓練漬けだった俺からしてみれば、ほかの新人発掘師が地中を探るために放出している〝気〟を避けて地中を探ることなど、それほど難しいとは考えていなかった。特に、魚釣りで培った離れた場所での〝気〟の扱いには自信がある。と、憤慨気味な気持ちになっていたら、顔に出てしまっていたのだろう、遥が口を挟んできた。

「コイツの言ってることは本当よ。いけ好かない野郎だけど、山岸はこと発掘に関してはプロ中のプロだから。まぁ、ヌケていることもたまにはあるけど」

「余計なお世話だ。なんなら勝負するか？」

「アホかお前は――」

この前協会で会ったときもそうだったが、この二人は顔を合わせるといつもこうなってしまうのだろうか。研修そっちのけで罵り合いをはじめた遥と山岸さんに、俺は呆れながらも、二人を見かえしてやろうと正面奥の壁に向かった。

「絶対に物凄いお宝を見つけ出してやる」

等間隔に並び、壁に手を当てて地中を探る新人発掘師たちに倣って、俺は壁の奥を探りはじめた。

このときばかりは、女子たちも真剣な表情で探りを入れている。

俺の方はといえば、壁にかざした右手の平から〝気〟を放出し、壁の奥深くまで浸透させていったのだが、感じるのは土や石っぽいものばかりで、おそらく石っぽいものはガレキだろうが、〝気〟だまりも〝妖気〟だまりも感じ取ることはできなかった。

もっと奥まで確かめてやろう。そう思い、〝気〟の通りやすさ、浸透していく感触をたしかめながら壁から十メートル、二十メートルと探りを入れていった。ここまで、正面の狭い範囲を調べたかぎりでは、〝気〟だまりと思われる感触は得られていない。

こうなったら意地だ。そう思って〝気〟を細めてその圧力、浸透力を増加させ、さらに奥を確かめていくと。

「おや？」

今まで石や土しか感じられなかったところにいきなり空間が現れた。そしてその空間には、濃度の高い自然の〝気〟が感じられた。自然の〝気〟と表現したのは、空気に漂っている〝気〟と同じ感じがしたからだ。おそらく、いや、間違いなくこれが〝気〟だまりなのだろう。

その〝気〟だまりの中を慎重に探っていくと、そこにはおそらくガレキというか石というか、石の中に金属の存在を感じることができた。たぶん鉄筋コンクリートの壁とか柱が折り重なってできた空間だろう。しかし、そこはその他には何もないただの空間だった。

「ハズレだ。ハズレ」

ハズレではあるが、〝気〟だまりに必ずお宝が眠っていることはあり得ないことだろう。冷静に考えれば誰にだって想像できることだ。こんなことで気落ちしている場合じゃない。

「もっと奥まで、もっと広範囲を調べれば必ず何かに突き当たるはず……」

そう考えてまずはどこまで調べられるか、さらに奥まで、そして角度を変えて俺は探っていった。

そして分かったこと。それは、〝気〟だまりは地中の空間にあって、しかもその分布や大きさは非常にマチマチであるということだった。

「山岸さんが言っていた通りだ」

さらに、途中何か所かで、得体のしれないおぞましい感じを受ける空間にも突き当たっていた。たぶんあれが〝妖気〟だまりなのだろう。〝妖気〟だまりは〝気〟だまりよりも突き当たる頻度は少なかったが、その中のいくつか、特に広い空間には、動き回る存在を感じ取ることができた。間違いなくその存在が妖魔だと俺は考えている。

ここまで俺が探った範囲は角度にして約三十度、距離にして百メートルの範囲だ。そしてその範囲で見つけた〝気〟だまりの中に、いくつかお宝らしき反応、すなわち、機械のような金属の塊や、ビルか何かだろう巨大なガレキの中に、窓枠のような金属や細長い金属を感じることができた。細長い金属は銅の電線かもしれないし、窓枠はたぶんアルミのはずだ。そして、その近くには、おそらく大量のガラスがある。

お宝らしき反応は見つけることができた。しかし、それはここからはかなり離れていて、掘り進む労力と比較すれば、とても魅力を感じることはできなかった。

そうとなれば、さらに探査範囲を広げるだけだ。そう考えて左前方四十五度の方向を探っていたときだった。五十メートルほどのところで探し当てた比較的大きな〝気〟だまりの中に、恐ろしく巨大な金属塊を見つけたのだった。

「なんだこりゃ？」

その金属塊の形状を慎重に探っていく。斜めになっていて分かりにくかったが、長さはおそらく二十五メートルほどであり、奥行きと高さは三メートルを超えている。そして、その塊がつながったように二つ確認できた。内部はごちゃごちゃした空間になっていて、何かがあるのは分かるが、今の俺では何なのかよく判別できない。

しかし、間違いなくこれは最高のお宝のはずだ。そして、その形状から想像できるもの。そんなものは、電車くらいしか思いつかない。最初はバスか飛行機かとも思ったが、翼のようなものはなかったし、バスにしては大きすぎるのだ。しかし、二十五メートルもの長さの電車など……。

「あった！　一つだけあった」

このあたりには東海道新幹線が通っていたはずだ。そう、新幹線だ。新幹線の車体は軽量化のためにアルミが大量に使われていると聞いたことがある。この時代では、アルミはキロ単価の高い貴重品のはずだ。硬貨にも使われている。しかも、新幹線の車両二台分のアルミとなれば、その量はハンパないものになるだろう。さらに、新幹線に使われている材料はアルミだけではないはずだ。きっとその価値は、かなりのものになるだろう。いや、なってくれ。

さておき、問題は途中に確認できた〝妖気〟だまりと、五十メートルという距離だが、そこはそれ、このお宝にはその距離を掘り進むだけの価値があると俺は思う。そんなときだった。

「遥先輩！」

「山岸さん！」

女子たちと野郎どもからほぼ同時に声が上がり、いまだに罵り合いを続けていた遥と山岸さんは、それぞれ呼ばれた方に駆け寄った。

このとき俺は、探し当てた巨大なお宝をどう報告しようか考えていた。巨大なお宝は壁の奥五十メートルという離れた距離にある。たどり着くまで掘り進めるには、かなりの時間と労力を要するだろう。一旦坑道を出て、地上側から回り込んでお宝を掘り出すことも考えたが、そのためには結局、運び出すために山を切り崩して道を作らねばならない。そう考えたら、ここから掘り進めた方が早そうな気がしてきた。

「一班は作業を中断して集まれ！」

「二班も集合よ！」

あれこれ考えているうちに、山岸さんと遥が新人たちにそれぞれ集合をかけた。俺は一旦思考を中断し、山岸さんの方に向かった。本当は遥の呼ぶ女子班の方に行きたかったが、それは身勝手すぎる考えだろう。しかし、なぜ男女を分けた班組にしたのだろうか。なんてことも一瞬考えたが、今考えることじゃないなと、頭の奥にしまい込んだ。

「ようし、集まったな。この壁の奥に〝気〟だまりと、金属製の何かがある。探し当てた者以外の者もここから実際に探ってその感覚を確かめろ。まずはお前からだ」

山岸さんはそう言って一人を指し示し、さらに続ける。

「いいか、時間は一人ずつ最長三分だからな。三分で分からなかった奴は後回しだ。感触をつかめた奴は次の者と交代しろ」

一人ずつ確かめるのは互いの〝気〟が相手の邪魔をしないようにするためだろう。山岸さんは、左腕の腕時計で時間を測っている。すると。

「二メートルくらい奥に金属の塊を感じます！」

興奮した感じでそう叫んだ新人発掘師に、山岸さんがニヤリと笑みを浮かべる。

「それ以外は何か感じないか」

「いえ、俺には分かりません」

「よし、次はお前だ！」

こうして、次々と交代して感触を確かめていったわけだが、残り後二人、つまり待っているのが俺一人となったところで、今探っている発掘師があることに気がついたようだった。

「たしかに二メートルくらい奥に金属があります。けど、もっと奥、五メートルくらいのところに何かあります」

驚いたように慌てて壁から手を放して〝気〟の放出を止めた新人発掘師に、山岸さんが嬉しそうに笑みを浮かべた。気になった俺は、まだ交代を告げられていなかったが、針のように細くした〝気〟をそれとなく壁の奥に送り込み、その正体を確かめてみた。そして、それが何なのかも、すぐに理解できた。

「気がついたか」

「はい。何かおぞましい感触が」

「よく気がついたな。たしかに、この奥二メートルから四メートルのところに金属塊がある。しかし、壁のようなものを隔てたその奥に〝妖気〟だまりがある――」

壁の奥二メートルから四メートルのところに、〝気〟だまりと自動車だろう金属塊があり、その奥に倒れ込むような形でコンクリートの厚い壁を感じた。そしてその奥はたしかに〝妖気〟だまりで、そこは複雑に入り組んだコンクリートだらけの空間だった。

山岸さんは一班の新人発掘師を〝気〟力が弱い者から順に確かめさせていたのだ。それが、俺の順番が最後になった理由であり、俺以外の新人発掘師の中で最も〝気〟力が高い彼だけが〝妖気〟だまりに気づけた理由だった。

「空！　そんなとこからコッソリ確かめてないで、やるならちゃんと前に出てやれ」

「スミマセン！　ば、バレてましたか」

探っていることをまわりに気づかれないようにしていたつもりだったが、山岸さんには見抜かれていた。さすがは特級発掘師だ。今後、この人の前では迂闊なことはなるべくしないようにしなければなるまい。

「まあいい。で、どうだった」

「山岸さんが説明してくれた通りですよ。でも、〝妖気〟だまりがある空間はゴチャゴチャしてて入り組んでいて狭いですが、地上まで繋がっています。そして、動いている何かがいます。たぶん妖魔？　だと思いますが」

「ほう！　そこまで分かるか。〝気〟力五桁は伊達じゃねぇな。言っておくが俺でも地上までは確かめられん」

〝気〟力五桁とか山岸さんが余計なことを言ってくれたおかげで、野郎どもの視線が痛いことこの上ない。しかし、このときに感じた視線は、食堂や馬車の中で感じた妬みの視線とは違っていて、純粋に驚いているものと、悔しさに満ちたものとの二種類が混在していた。特に〝妖気〟だまりを見抜いた新人発掘師が悔しそうな顔をしている。

もし俺が彼の立場だったら、悔しいとは思わずにスゲーと驚くだけだろう。そして、他人と割りきって考えるはずだ。天から授けられた能力の大小など、偶然の産物に過ぎないのだから。

こう考えてしまうのは驕りなのだろうか、それとも、育った時代背景の違いなのだろうか、今の俺では理解できない。しかし理由はどうであれ、気分がいいことではなかった。俺は他人の上に立って喜んだり、力の差を見せつけて悦に入ったりするような趣味は持ち合わせていない。まぁ、褒められれば嬉しくなって調子に乗るタイプなのは否定しないが。

「俺は二班の遥嬢とこのあとの方針を打ち合わせてくる。〝妖気〟だまりに気づけなかった者は、その間にもう一回探ってみろ。妖気だまりの範囲は広い。間隔を三メートルほど開ければ互いの〝気〟が干渉することはないはずだ」


山岸さんが遥の所に行ったあと、ほとんどの者は再度壁に向かって探りを入れはじめたわけだが。遥と女子たちの様子でも伺おうかと思っていたところに、一人の男、見た目は俺よりも若干若く、灰色のツナギの上から使い古された革製のベストを羽織った男が近づいてきた。一班の中では一番みすぼらしい恰好をしているが、〝妖気〟だまりの存在を見抜いた男だ。

「お前、空とか言ったな。ちょっと〝気〟力が高いからっていい気になってんじゃねぇぞ」

完全な言いがかりだった。しかも、名乗りもしないとは、はなはだ失礼な奴だ。それがこのときこの男に抱いた第一印象だった。

「別に、いい気になっているわけじゃないぞ、それに、お前のセリフこそ完全な言いがかりじゃねぇか。しかもなんだぁ、ちょいと出のやられ役みたいなセリフ吐きやがって。名乗りもしねぇし、ふざけた野郎だ」

好き放題言われて、はいそうですか気をつけます、などと下手に出るような性格を俺は持ち合わせていなかった。もともと俺は好戦的な方ではないが、一方的に口撃されて、それに反撃しないことなどあり得ないだろう。そう考えると、俺も案外狭量なのかもしれない。

「なっ！　名乗ってやろうじゃねぇか、阿古川哲也《あこがわてつや》だ。しかしお前、やられ役とは言ってくれるな。なんなら、ここで試してやってもいいんだぞ」

顔を赤くして激高してきた阿古川哲也は、いつ殴りかかってきてもおかしくない様子だ。

「バカかお前は、今は研修中だ。研修が終わったあとならいつでも相手になってやるさ」

「バカとは言ってくれるな。ほえ面かかせてやるから覚えとけよ」

そう言って、鼻息荒く阿古川哲也は俺から離れていった。つい勢いで口を滑らせてしまった俺は、まんまと挑発に乗せられたかたちになってしまったわけだ。が、奴の〝気〟力は、遥の半分よりちょっと多いくらいだ。俺が負けることなんてあり得ないだろうし、というか、本気で相手をするのはマズイだろうと、このとき俺は思った。

ちょっとしたハプニング、というか、揉《も》め事というか、気分がいいとは言えない一幕だったが、そのおかげで、遥と女子たちの様子も見過ごしてしまった。そう思っていると、話し合いがまとまったのだろう、山岸さんと遥、それに二班の女子たちがこっちに歩いてきた。

「ようし、みんな注目しろ。今からここを掘ってもらう。二班の方にもお宝の反応はあったが、向こうには近くに〝妖気〟だまりがなかった。良いかよく聞け。発掘師として避けては通れない妖魔との戦い、まずはそれに慣れることが重要だ」

「わたしからも忠告しておくわ。〝妖気〟だまりを避けて戦わないという選択肢もあるけど、ぎりぎりで発掘師になった者たちならともかく、あなたたち〝気〟力が強い発掘師は、できるだけ妖魔と戦って、その後を通る〝気〟力が弱い発掘師や、土木業者の脅威を取り除いておく必要があるわ」

遥が言ったことは、たしかに理にかなっており、納得もできる。

させておき、壁の奥に埋まっている車。そのすぐ奥にいる妖魔。となればどんな妖魔が顔を出すのか？　と、興味を抱いた俺だったが。

「空とそこのお前、〝妖気〟だまりに気づいたお前だ」

「はい。阿古川哲也といます」

「阿古川と空、お前たち二人は見学だ。遥嬢、そっちの班からも〝気〟力が高い者を除いてくれ」

「ふん、お前に言われなくても」

遥の指名により、女子班からは四人が見学を言い渡されていた。その女子たちは喜んでいるようだったが、阿古川哲也は見学を言い渡されたことに納得がいかない様子だった。当然俺も納得できない。はじめての発掘なんだ。最初にツルハシを振るう感激を俺から奪わないでくれ。と、心の中で憤慨していたら、理由を聞こうと口を開きかけた俺を押しのけるように、阿古川哲也がその理由を質問していた。

「あの、何で俺たちは見学なんですか？」

「分からんのか？　お前が見つけた〝妖気〟だまりにいる妖魔はどれも小物ばかりだ。お前たちが戦いに参加したら他の者たちの訓練にならん」

理由を聞いた阿古川哲也は、〝気〟力が高いと認められたにもかかわらず、まだ不満そうな顔をしている。もしかしたらコイツは戦闘狂なのかもしれない。

「では掘りはじめるぞ。お前とお前だ。他の者は掘り出した土や石を均《なら》せ」

こうして、ようやく発掘作業がはじまったわけだが、探し当てた目標が浅いところにあり、サイズもそれほど大きくないため、二人で掘って残りは掘った土や石を均すことになった。

「もっと深くまで掘り進めたり、大物を掘り起こす場合は、掘り出した土や石を外まで運び出すんだけどね」

「へぇー」

そんなことを遥と話しながら、俺は均し作業をしていたわけだが、掘り起こす量が少なく、手持ちぶさたが募る結果になった。他の新人たちも、積極的に作業に参加しているが、わりとヒマそうにしている。

しかし、そのヒマな時間もすぐに終わることになった。発掘をはじめてから、目的の金属塊が出土するまで、時間にして十分かからなかったのだ。二人で掘っているとはいえ、高さ二メートル五十センチ、幅四メートル、奥行き二メートル強をこの時間で掘ってしまうのは、〝気〟による強化があってこそだろう。

密度の高い〝気〟があふれ出し、同時に出てきた金属塊は、俺の予想通り自動車だった。大きく取り囲むように発掘の様子を見ていた新人たちから小さな歓声が上がる。

出土したのは押し潰されて無残な姿になった、昔よく見た灰色のセダンだったが、発掘師として最初のお宝というだけあって、なかなかに感慨深いものがあった。そして、発掘師になれたとはじめて実感できたのもこのときだった。

「ここからは慎重に行け。いいか、上にかぶさっている壁と車を避けて周りを掘るんだ。他の者はいつ妖魔が飛び出してきても対処できるようにしておけ」

俺が勉強した範囲では、潜んでいるのはおそらく野ネズミが妖魔化したものだ。野ネズミは動きが素早く、数も多いので刀剣やツルハシで戦うには向かない相手だと資料には書いてあった。ならばどうやって戦うのか？　簡単なことだ。〝気〟をぶつけて妖魔の持つ〝妖気〟を対消滅させればいい。

小型で動きが素早い妖魔の場合、武器を使わずに〝気〟だけで対処した方が戦いやすいのだ。大きく取り囲むように待ち構える新人発掘師たちもそれが分かっているようで、ツルハシを構えている者は一人もいなかった。

「よし、車を引きずり出せ。いいか、来るぞ」

露わになった自動車は、前にも言ったとおり壁に半分押し潰されたようにひしゃげており、タイヤは朽ちたのだろう、無くなっていた。その車体に二人が手を掛け、慎重に穴から引きずり出していく。そしてそれとともに、ゆっくりと壁が倒れ落ちた。同時に、壁の向こうから何とも言えないおぞましさを含んだ空気が漂いはじめる。これが〝妖気〟なのだろう。

「来るぞ！」

山岸さんの叫びと共に、倒れた壁の向こうから勢いよく小さな物体が何体も飛び出してきた。〝気〟によって強化された動体視力で捉えたそれは、体長二十センチほどの、紫がかった黒い大ネズミだった。俗な言い方をすれば、大型のドブネズミだ。ただしネズミといっても、俺が見慣れていた、いや、見慣れるほど頻繁には遭遇していないが、とにかく俺の記憶にあるネズミとは、動きもその体つきも、異なものだった。

ネズミのような小動物は、通常人間やイヌネコのような大型の動物に対し、怯えるように逃げ回るものだ。しかし、妖魔化したネズミは、人間に対して怯えの一切を見せず、大きく広げた口から、三センチはあろうかという尖った前歯を突き出して、首筋めがけて飛び掛かってきた。

そんな凶暴化したネズミの妖魔に対して、相対する新人発掘師たちは一通りの反応を見せていた。野郎どもは総じて冷静に、飛び掛かってくるネズミに圧縮して高めた〝気〟をぶつけて戦っている。

「いやーッ！」

女子の一部が、ネズミを認識した途端に腰を抜かし、悲鳴を上げたようだ。これはあれだろうか？時代背景は違えど、ネズミやゴキブリみたいな気持ち悪い生き物は、生理的に受けつけないのが女子の定めなのだろうか。

ともかく、腰を抜かして座り込んでしまえば、勢いよく飛び掛かったネズミはその上を素通りするわけで、後ろで見学していた俺たちの方にそのまま向かってきた。

「コラァッ！　ネズミごときを恐れるな。それでも発掘師か！」

とは、遥の叫びであるが、生理的に受けつけないものを克服することは、この短時間では難しいことなのだろう。そして、それは見学に回っていた女子たちにも言えることで。

「キャーッ！」

ひとりの女子が叫び声を上げたまま固まってしまった。

「危ない！」

俺はとっさに悲鳴を上げたその女子を右手で抱きかかえるように横へと逸らし、かざした左手から〝気〟を放出して事なきを得た。

「大丈夫？」

俺に助けられた女子は、目に涙を溜め、プルプルと震えて俺の腰にすがりつくように抱きついてきた。しかも、それを見ていた他の女子までが、全員俺のところにすがりついてきたのには参った。というか嬉しかった。

最後の一人は、どう考えてもわざとらしい感じがしたが、それでも、女子たちにこうやってまとわりつかれるのは悪い気がしないわけで。とくに、両膝と腰にあたる柔らかくて弾力のある感触が、俺の平常心を奪い去るのに、さして時間がかからなかったのは言うまでもない。

しかも、俺が助けた女子が強烈に両足に抱きつき、プルプルと体を震わせるものだから、両膝に押し付けられた膨らみの感触が、否応なしに俺の血流を一点に集めはじめた。

これはマズい。と、焦りはじめた俺だったが、幸い、すがりつく女の子の頭に隠れて、恥ずかしい小山を見られる前に対処できた。もし遥に見られでもしたら、言い訳が思いつかない。

これは、山小屋で遥に対してそうなったときの教訓で、訓練しておいた成果でもある。が、実のところを白状すると、将来のDT卒業の際に、自由自在に血流を操れるようになろうと訓練した成果だったりする。

それはそうと、新人たちが討ち漏らしたネズミをあらかた片付けた遥が、鬼のような形相で俺の方に歩いてくるではないか。これはアレだろうか？　女子たちにすがりつかれて喜んでいる俺への怒りだろうか。でなければ不甲斐ない女子たちへの怒りか。などなど考えていたら、答えはその両方だった。ドキドキしながらも頬の肉が弛緩することを止められなかった俺に向かって、怖い顔でまず一言。

「空！　鼻の下伸ばしてだらしない顔しない」

そして、俺にすがりついている女子たちの奥襟をつかみ、力ずくで一人一人引きはがすと。

「そして貴女たち、ネズミごときになんて情けない」

女子たちは、ご立腹の遥に一人を除いてシュンとうなだれていた。残る一人はといえば、いまだに情けない顔で涙を浮かべ、ガチガチと震えている。

しかし、これはなんなんだろう。一言でいえば、そそるっ！　なのだが。保護欲を駆り立てられると言ったらいいのか、恐怖におののき、生まれたての小鹿のように震える小柄な女の子が、可愛いのなんのって、思わず抱きすくめたくなるほどだった。このときほど、この研修に参加してよかったと思えたことはない。

エロさとはまったく無縁でありながら、俺の心を激しく揺さぶるこの感情。どこかで聞いたことがある。そうだ、これはいわゆる一つの〝萌え〟というものじゃないだろうか。みたいなことを考えていたら、よほどだらしない顔をしていたのだろう。

「空ぁー！　まったくあんたって男は、節操がないというかなんというか。ほんっと、女に目がないのね」

そう言ってプイっと横を向いた遥もまた、なにげに可愛い。と、エロ嬉しいやら萌え狂いそうになるやら、なにげに俺得な気分に浸れた時間は終了し、研修が再開されることになった。

「ようし、戦闘の方はいろいろと問題があったが、これだけは慣れていくしかないからな。戦えなかった者は次の機会に頑張れ。今のように〝妖気〟だまりには妖魔が潜んでいる場合が多い。〝妖気〟だまりが小さい場合や潜んでいる妖魔が小物の場合は、さっきのようにわざわざ誘い出すことなどせずに、壁越しに〝気〟を送り込んで倒してしまえばいいからな」

ネズミなどを生理的に受けつけない者であっても、そういう戦い方ならば嫌な思いをすることもないだろう。この話を聞いた女子たちが、山岸さんに盛大なブーイングを浴びせたのは言うまでもないことだが。

「なぁ遥、妖魔は倒したことだし、お宝の検分というか分解というか、金になる部品を取り出すのか？」

「いや、それより先に〝妖気〟だまりを浄化する必要があるわ。見つけた〝妖気〟だまりは、〝気〟で浄化しておくことが発掘師のマナーなの」

初発掘品から金になる部分を分別するという、発掘師としてはたまらない至福の時を前に、おあずけを喰らったような気分になったが、遥が言うことも発掘師としてはもっともなことなのだろう。

「お前ら、全力で〝気〟を放って〝妖気〟だまりを浄化するぞ。それから空、お前だけは〝気〟が強すぎるからほかの者たちに強さを合わせておけ。いいな」

「了解っす」

要するにこの程度の〝妖気〟だまりなら俺一人でも余裕で浄化できるから、ほかの者の訓練にならないということだろう。

さておき、俺を含めた新人発掘師から放たれた〝気〟と〝妖気〟がぶつかり合い、対消滅する様は、花火の火花のような音と閃光を伴った、意外と綺麗な光景だった。そして、発掘した車の部品選別より先に、女子たちが見つけたお宝を掘り出し、あとでまとめて全員で分解と選別をすることになった。

気になったので、女子が見つけた反応をコッソリ探ってみれば、それは野郎どもが見つけた車よりは小さい金属反応だった。今度は女子二人で掘り出すことになり、そして出てきたものは、二百五十ｃｃの単車であり、コンクリートのがれきの中にあったおかげで、ほとんど錆もなく原型をとどめていた。

ただし、原形をとどめていたと言っても、タイヤは折れ曲がっているし、燃料タンクは破れているしで、修理して再稼働させることは不可能に思えた。

こうして、二つのお宝を発掘したわけだが、これでようやくお宝の分別に取りかかれるわけだ。二十一世紀の常識で言えば価値などないに等しい機械部品が、この時代では高価なお宝となる。しかもそれが発掘によって出土した品となれば、気分は否が応でも盛り上がってきた。

「よし、今から部品の選別作業をはじめるぞ」

興奮冷めやらぬ面持ちの、俺も含めた新人発掘師たちを見た山岸さんが号令をかけた。その言葉を待ってましたと言わんばかりに、俺たちは選別作業に没頭したのだった。

そして作業を終えた結果、お宝と呼べるものは、まだ生きていた単車のエンジンとチェーンやギア類、自動車から取り出せた百個近いベアリングやギア類、シャフト関係、僅かなアルミや銅線、そして残っていたエンジンオイルなどのオイル類であり、残った部品の中から、あまり錆びていない鉄くずを分別している。

車のエンジンはそのままでは使えないが、分解すれば中の部品は使い道があるそうだ。そして単車のエンジンは、今でも使いまわせるということらしい。ちなみに、車の分解に特別な工具は必要なく、タガネとハンマー、ねじ類などは全て手力で行っていた。〝気〟力あってこその力業だ。

「これでいくら位になるんですか？」

選別を終えたところで、男の新人発掘師が質問を投げかけた。

「そうだな……状態のいいものと悪いものが混在してるからはっきりとした金額は出せんが、ま、

七、八万ってところだろう。この単車のエンジンが四万くらいで一番のお宝だ――」
仮に八万として一人あたり四千円、俺たちの時代で四万円だ。なるほど発掘師とはボロい商売だ。なんてことを考えていたら。

「今回は運が良かった方だ。これでも状態が良い方だからな。一日掘って百円にもならないときもあるから覚悟しておけ。そのかわり、一日で一千万を超えるようなお宝を掘り出した発掘師もいる。俺たちはそういう商売をしていることを忘れるな」


こうして、最初の発掘を終えた俺たちは、お宝を馬車まで運んで一日目の研修を終えたわけだが、俺にはまだやることが残っていた。それは、阿古川哲也との決着などというどうでもいいことではない。そう、俺が探し当てた新幹線の車両だ。

みんなには黙っておいて、研修が終わったあとでこっそり発掘に来ようなどという邪な考えは、微塵も抱かなかったと言ったら嘘になる。しかし、これを報告しないというのはあり得ない選択肢だった。馬車から離れたところで、珍しく普通に話していた二人に近づき声をかける。

「遥、山岸さん、ちょっといいですか？」

「なんだ？」

「お二人に報告することがありまして――」

俺は遥と山岸さんに新幹線を探し当てたことを、少し興奮気味に伝えたのだった。

「それは本当なのか？」

「まず間違いないです。方向は俺が探った位置を十二時として、十時半の方向」

「空、その方向は私も探ったけど、何もなかったわよ。どれくらい奥にあるの？」

「俺がいた位置からも、遥がいた位置からも、奥に五十メートル強、下に五メートル弱だよ」

そう言った瞬間に、遥も、そして山岸さんも、大きく目を見ひらいて絶句してしまった。少し間をおいて。

「ちょ、五十メートルって……。空、あんたいつのまにそんな遠くの〝気〟を操れるようになったのよ。私だって三十メートルが精一杯なのに」

「俺も〝気〟の遠隔操作には自信がある方なんだが、それでも二十五メートルがやっとだ。空、お前デタラメ言ってんじゃねぇよな？」

「そんなことないですって。それに、十時半から一時半の範囲で半径百メートルの内側は全部調べましたから、かなり自信がありますよ」

「ひゃ、百メートルって……。空、あんたに常識が通用しないのは分かってたけど、まさかそこまでとはね」

実のところ、俺が〝気〟を使って地中を調べられる範囲はもっと広い。全ては試験で得た教訓をもとに、死に物狂いで特訓に明け暮れた成果なわけだ。

〝気〟を細く超圧縮して地中に通せば、どこまでも減衰することなく浸透していくような錯覚に陥りかけたほどだった。実際は調子に乗って一キロメートルほど地中に〝気〟を伸ばしたところで疲れて止めてしまったが、というか、そんなところまで調べても掘り進むことを考えるとあまり意味がないだろう。「まあいいわ。その位置なら地上に出ればぎりぎり確認できるかもしれない。アンタには無理だろうけどね」

「ぁんだとぉ。自分がちょっとばかり〝気〟の操作ができるからって、自惚れてんじゃねぇぞ――」

きっと、この状態が二人のデフォなのだろう。言い争いをはじめてしまった遥と山岸さんを見て、このとき俺はそう思った。

話を戻すと、野営の準備と夕食が終わったあと、俺たち三人でもう一度確認しに行くことになった。地上側から新幹線の真上付近にあたる最も低い所まで行って、再確認するのだ。その位置からならば、遥なら確実に確認できるとのことだった。山岸さんは無理かもしれないが。

「この話は確認が取れるまで他の研修生には口外しないってことでいいわね」

「当然だな。再確認にも研修生は同行させない」

「なぜですか？」

「余計な期待を抱かせないこともあるが、それよりも、お前以外の研修生じゃどうあがいても確認できないだろ」

「〝気〟で探る訓練にいいのでは？」

「空、はじめから無理だと分かっていることをやらせたとしてもね、自信を失うだけで何の利もないとわたしは思うわ」

遥と山岸さんへの報告も終わり、俺も野営の準備に加わって夕食を終えたのだが、俺たちの一班と遥たちの女子班は離れた所で野営をすることになっていた。当然、野郎どもからは山岸さんに非難の声が上がったのだが、山岸さんの一喝によって非常に静かな夕食になった。

それは別にして、野郎どもからの妬みの視線も幾分和らぎ、俺的にはずいぶん気が楽になったのが嬉しかった。ほんとはもっと和気あいあいとした雰囲気が希望なのだが、それはまだ贅沢なのかもしれない。

そして時は深夜になり、俺は遥と山岸さんを連れて密林の中を歩いていた。坑道の入り口から直線距離で二百五十メートル弱のところに新幹線は埋まっている。しかし、その二百五十メートルが遠いのだ。平坦なところなどどこにもなく、獣道すら存在しない鬱蒼とした密林の中を、歩くというよりも、もがくと表現した方がしっくりくる状態で俺たちは奥へと分け入った。

そして、新幹線が埋まる真上にやっとの思いで辿り着くことができた。俺はもがきながらも〝気〟を伸ばし、目標の位置だけは把握していたから、ここで間違いはない。

「この真下です。ここから東の方にかけて埋まっているはずです」

とは言ってみたものの、草や木で互いの顔を見ることすら難しいような場所では、足元の地形を把握することすら厳しい。もともと深夜なので、辺りは暗闇に包まれているのだが、〝気〟で強化した視力と、〝気〟を感じる感覚とを合わせれば、十分に周りは視えている。草や木の向こうでもそれは変わらない。

「これじゃ低い場所が分からんな。草木を払うからお前らは下がっていろ」

言うが早いか、山岸さんが俺と遥の前に進むと、東に向かって草木を払いはじめた。が、それは草木を払うというよりも、地面から突き出た岩やコンクリートごと、ツルハシで薙ぎ払っていった。岩やコンクリートが豆腐のように薙ぎ払われる様は、見ていてある種爽快な気分にさえ思えるほどだった。

「よし、これで分かりやすくなった」

俺たちの前方二十メートルほどを薙ぎ払った山岸さんは、その一番深い場所に下りて片膝をつき、地面に手を当てて我先にと地中に〝気〟を伸ばしはじめる。俺の横にいる遥は、どうやら直下の新幹線を把握できたらしい。

そして、できるものならやってみろと言わんばかりに山岸さんの様子を見下ろしていた。新幹線は俺の位置から直下約三十メートルのところに埋まっている。三メートルほど低い位置にいる山岸さんからは、おおよそ二十七メートル下だ。

「ん？　たしかに何かが埋まっているが……」

「やはりアンタには無理よね。わたしはここからでもはっきりと分かるけど」

「これくらいのことでデカい顔すんじゃねぇ。ようし、見ていろ！」

悔しそうにそう言った山岸さんは、やおら立ち上がると、ツルハシを構えてその場を掘りはじめた。それはもう恐ろしいまでの速度で。そして、五分も経たぬうちに深さ三メートルほど掘り進め、再び地中を探りはじめた。

「あるっ！　たしかにこの下に大きな金属の塊だ。しかもこの感触はアルミか？」

「そこまで掘ってようやく分かったようね。だけど、アルミだと気づいたことは褒めてやるわ」

「ハッ、お前が褒めるとは珍しいこともあるもんだ。しかし、空、これは凄い発見だぞ。この遺物を掘り出せば、それだけでおそらく家一軒建てられるほどの金になる。まぁ、山分けだから取り分は二十分の一だけどな」

この時代の家一軒がどれくらいの価値なのか分からないが、その二十分の一であっても、俺にとって大金が手に入ることは間違いない。

それは置いておくとして、遥と山岸さんが新幹線を確認したことで、これを掘り出すことが確定したことになる。しょっぱなからこれほどの大物を発見できたのは猛特訓の賜物なわけだが、この湧き上がってくるえも言えぬ感情の根底には、俺のトレジャーハント魂があるのかもしれない。

明日はたぶん一日中穴掘りだろうが、そんなこともまったく嫌だとは思えないし、ここはいっちょ女子たちに俺のパワーを見せつけて……。なんて余計なことを妄想していたら。

「鼻の下伸ばして何考えてるの？　まぁいいわ。それにしても空、山岸が言った通りだけど、よくこんなお宝に気がついたね。〝気〟の扱いなんて全然ダメだった空が、一年もたってないのにここまで成長するなんて、考えてもみなかったわ」

「そんなことないよ。運が良かっただけさ。それに、試験が終わって猛特訓したから」

「謙遜しない。いい、空はもう、私よりはるかに実力があるんだから、それを自覚してね」

遥はそう言うが、〝気〟の細かな扱いに関しては、彼女の方が俺よりはるかに格上だろう。長年にわたる経験の差は、そう簡単に埋められるものではない。俺にはただ、他の人より飛び抜けて強い〝気〟があるだけなのだから。


新幹線の確認が終わり、夜も明けた翌朝、朝食を済ませた俺たちは再び坑道入り口に集合していた。

「今日の予定を発表するぞ。だが、その前にお前らに伝えておくことがある。実は昨日――」

山岸さんによって、坑道の奥深くに巨大な金属塊が埋まっていることが告げられた。そして、今日は一日かけてその位置まで掘り進めると発表されたわけだが。

「本当にそんなお宝が埋まっているんですか？」

「五十メートル先の遺物なんて、どうやって確認したんですか？」

などなど、ほとんどが野郎どもからだったが、矢継ぎ早に質問が投げかけられていた。俺だって、何の根拠もなくいきなりこんなことを言われたら、疑問に思うだろう。

「まぁ待て待て、順を追って説明するからよく聞くように。いいか、まずはお前たちにとって嬉しいことから伝えてやる。いいか、今回見つかったお宝は、それ一つで家一軒余裕で建ってしかもお釣りがくるほどの大物だ。分け前は二十分の一になるが、それでもお前らにしてみれば大金のはずだ」

なんか話に尾ひれが付きはじめているようだが、やる気を出させるためには、これくらい誇張した方がいいのだろうか。現に、新人発掘師たちからは、どよめきの後に大きな歓声が上がっている。

「静かに！　いいかよく聞け。今回のお宝は俺とそこの遥嬢が地上から確認をとったから間違いなくさっき伝えた位置に埋まっている。そして、このお宝の第一発見者はそこにいる空だ。お前らもすでに知っていると思うが、空は〝気〟力五桁の始祖と呼ばれる人間だ。特級発掘師の資格を持つ俺と遥嬢でさえ、坑道の奥からでは見つけられなかった遺物を発見した業績は非常に大きい。まさに大手柄だ。お前らは本当にツイている。今年の春に試験に合格し、そこの空と同組になったことをありがたく思え。いいか、空がいなければこのお宝は見つからなかったことを肝に銘じておけ。そして、この幸運とそこの空に感謝しろ。いいな」

俺が見つけたことを伝えてくれたところまでは良かった。しかし、ここまで持ち上げられるとは思っていなかった。山岸さんが俺を持ち上げている間の時間が、居心地の悪いこと悪いこと。俺からしてみれば明らかにやり過ぎであり、褒められるならもっと簡潔に褒めてほしものだ。

しかし、よくよく考えてみれば、山岸さんは野郎どもから妬みの視線を受けていた俺のことを気遣ってくれたのかもしれない。そう考えると、案外いい人なのだろう。現に、あれだけ妬みの視線を送っていた野郎どもの俺を見る目が、尊敬するような視線に変わっているのだから。一人を除いて。

さらに女子たちに至っては、なにか崇め奉られるような不気味ささえ感じたほどだ。現金な奴らだとも一瞬思ったが、これで妬まれずに済むと考えれば、それは些細なことだと俺は思った。

「今から発掘の手順を説明する――」

山岸さんの話をまとめると、昨日発掘を行った最深部から、お宝が眠る位置まで高さ四メートル幅五メートルで掘り進めるそうだ。そして、最深部にあった広場まで、お宝を一気に引きずり出すということだった。そのあと分解して馬車に運ぶらしい。たしかにあのスペースなら新幹線の車両二台を余裕で格納できるし、分解して細切《こまぎ》れにすれば、あの馬車でも運べるかもしれない。

　こうして、俺たちは発掘作業に取り掛かったわけだが。俺はというと、穴掘りの一番手を買って出ることにした。目標位置まで、高さ四メートル幅五メートルの緩やかに下った穴を掘り進める。途中には巨岩や大きなコンクリートの塊、さらに〝妖気〟だまりまであることが分かっていた。今日一日で掘り進めるためには、〝気〟力が高い俺が頑張らないと、と、張り切ってツルハシを振りかぶったところ。

「俺はお前のことを見誤っていたようだ」

　俺の横に来てツルハシを振るい出した阿古川哲也が、神妙な顔を掘削中の壁面に向けたまま、そうつぶやいた。昨日あれだけ俺に敵意を向けていた男が、どうして急にこうなった？　と、ツルハシを振るいながらも阿古川哲也をガン見していたわけだが。

「家一軒建つほどの遺物、俺だったら黙っていて、後で掘りに来てひとり占めしていたと思う。それをお前は躊躇することなく山岸さんや遥さんに報告した。昨日の深夜に確認に行ったということなら、悩む時間などほとんどなかったはずだ。やっぱり、将来貴族になるような奴は考え方も立派なんだなと思ったよ。そして、俺は独り占めしたいと思った自分のことが恥ずかしくなった。お前は凄いよ……」

　黙々とツルハシを振るいながらもそう語った阿古川哲也は、謝ることはなかったが、何か吹っ切れたように作業を続けたのだった。俺は阿古川哲也の話を聞いて、最悪だった彼の第一印象を一足飛びに引き上げていた。一度でも憎いと思った人間を、そう簡単に認めることは俺ならばできない。しかも、阿古川哲也は俺のことを称えてきたのだ。なんと度量の大きいことだろうか……。

「男に持ち上げられても気持ち悪いだけだ。だが、お前が悪い奴じゃないって分かったよ」

阿古川哲也は作業の間、二度と口を開くことはなかった。俺の方も、別に感謝の言葉を期待していたわけではないので、黙々と作業を続けることにした。そして、一時間弱で十メートルほど掘り進めたとき。そこには、進路を妨害するように巨岩が顔を出していた。はじめから分かっていたことだが、俺はこの巨岩を取り除くまでは掘り進めようと考えていたのだ。

「でかいな。でも俺とお前で掘ればこの程度の岩」

「いや、コイツは俺一人で片付ける。一瞬で粉々にするからお前は見ていてくれ」

「そこまで言うなら見せてもらおうか。〝気〟力五桁の底力ってやつを」

現れた巨岩は、高さ四メートル幅五メートルの坑道を完全に塞ぐほどの大きさだった。しかし、俺には同じような大きさの岩を試験のときに砕いた経験があった。あのときは、ずいぶん力んでいたというか必要以上の〝気〟を使ってしまったが、要領をつかんだ今となっては、もっと効率的に巨岩を粉々にする自信があった。

ツルハシを手放し、巨岩の前に歩み出た俺は、腰を深く落として軽く右拳を引いた。それは言うなれば空手の正拳突きの構えだ。その構えから左手を突き出し、巨岩に〝気〟を送って形状を探っていく。さらに、引いた拳に〝気〟を集め、巨岩を内側に向かって砕く様子をイメージする。砕いた岩や塵が飛び散らないように、砕く様子が鮮明に見えるように。

「ハッ！」

巨岩に拳を突き入れると同時に、イメージしたとおりに〝気〟を送り込んだ。あたりは静寂に包まれ、ゴクリと生唾を飲む音が聞こえてくる。そして、拳を引き抜くと同時に、巨岩は砂状化してサラサラと崩れ落ち、溢れだした砂が膝のあたりまでを埋めつくした。

「ふぅ」

砂となって崩れ落ちた巨岩があったところにポッカリと大穴が開き、その奥五メートルほどのところに、丸く凹んだ土の壁が現れた。とりあえず、ここまで掘ればそろそろ交代だろうと後ろを振り返ると、そこにはアゴを落として固まっている阿古川哲也の姿があった。同時に、その後ろから男女の別なく大きな歓声が湧き上がった。阿古川哲也を驚かせることができ、さらに歓声が上がったことで、まさにしてやったりの気分だ。

「い、岩が砂になるなんて、いったいどんな〝気〟の使い方をすればこうなるんだ？」

「岩全体に〝気〟を浸透させて、内側に向けて揺すりながら圧縮しただけだよ」

「だけだよって、そんなことがなぜできる……。とは愚問だったか。〝気〟力五桁は伊達じゃないんだな」

砂に埋まった足を引き抜くように歩き、岩の前から離れた俺たちに声がかかった。

「よく頑張ったな。そろそろ交代するぞ」

声をかけてきた山岸さんのところまで歩いた俺は、巨岩のさらに奥から感じていたことを報告す

だった。

「山岸さん、あと二、三メートル掘ると妖魔付きの〝妖気〟だまりがあります」

「そうか、報告ありがとう。お前たちは下がって休んでいろ」

俺の報告を受けても、山岸さんは特段気にするそぶりは見せなかった。あの深さにある〝妖気〟だまりなら、山岸さんもすでに気づいていたのだろう。交代要員二人には、簡単に耳打ちしただけだった。

俺が現場を離れ、再開された穴掘り作業を横目に、広いスペースの端に一人腰を下ろして休憩していたら。

「あっ、あのっ」

昨日の戦闘時に、最初に俺にすがりついてきた小柄な女の子が声をかけてきた。歳は遥よりも若干若く見え、黒くて艶のあるサラサラのショートヘアが良く似合っている。

「どうしたの？」

「昨日はゴメンナサイ！　わたし、ネズミだけは苦手で――」

彼女は御堂鈴音といい、歳はまだ十八ということだった。いや、俺も十八だから〝まだ〟なんていう資格はないか。

しかし御堂と言われて、御堂虎次郎の名が頭に浮かび、気になったので聞いてみることにした。

「御堂って、あの御堂伯爵家の御堂虎次郎と関係があるの？」

「はい。虎次郎は腹違いの兄です。私の母は――」

鈴音ちゃんは少しオドオドしているが、礼節があって人当たりが良く、しかも可愛い。鈴音ちゃんと、あの御堂虎次郎が兄妹だとは、驚いたし不思議でもあった。

「――やっと十八になって成人したから、前から憧れていた発掘師の試験を受けたんですよ。でも、特級発掘師の遥さんや空さんみたいなスゴイ方と一緒に研修を受けられるなんて、本当に嬉しいですッ⁉」

「こんなところでなにをサボっているの。ほらっ、妖魔のお出ましよ。喜びなさい、またネズミ型の妖魔よ」

「イーヤァァァァァア！」

奥襟を遥につかまれ、鈴音ちゃんは無理やり引きずられていった。あの怖がる顔がたまらなく可愛いというか、そそるというか、萌えるものを感じるが、どうやら、話し込んでいる間に〝妖気〟だまりに到達していたらしい。そして、妖魔が飛び交う中に放り込まれた鈴音ちゃんはといえば、手当たり次第に〝気〟弾を投げまくっていた。


その後は、俺も土砂の運び出しに加わり、昼休憩を挟んで穴掘りは進められていった。そして、多少のトラブルはあったが、夕方には目的の地点まで到達していた。

山岸さんの「出たぞ！」という大声を聞いた俺は、運んでいた土砂を放り投げて穴の奥まで走った。みんなで掘り進めた穴の最奥。そこには、ランタンに照らし出された、独特な流線型のフォルムが顔を出していた。

それは、まぎれもない新幹線の先頭車両だった。そしてその周囲では、車両に〝気〟を流して何かを確かめている者や、雄叫びを上げている者、抱き合って喜び合っている者などなど。その光景は掘り出されたお宝の価値を如実に物語っていた。

「お前は凄いよ。よくこんな深くにある、しかもこれだけの大物を探し当てたな。まったく疑ってなかったって言ったら嘘になるが、しかし実際に自分の目で見てみると、この遺物の凄さが実感できたよ」

「本当ですわぁ、さすが空様――」

阿古川哲也を押しのけるようにして女子たちに囲まれ、チヤホヤされて、このとき俺は感無量の極致に浸っていた。発掘師として大物を掘り当てるという醍醐味《だいごみ》を存分に味わい、さらに大勢の女子たちに祝福されてまさに夢心地だ。

「嬉しそうだな。しかし、これは……神話時代の乗り物か？　空、お前なら分かるよな」

「はい。新幹線という電車の一種です」

「となると、中にはアレだな」

神妙な面持ちで山岸さんが遥に視線を投げかけた。遥も頷いている。もう少しチヤホヤされていたかったが、新人たちとは少し雰囲気が違う山岸さんと遥に、俺は現実に引き戻された。

「アレって？」

「こういった大きな乗り物には、たいてい神話時代の人々の遺体が入っているの」

「まぁアレだ。新人発掘師には、ちとキツイ通過儀礼みたいなもんだ。大きな乗り物に限ったことじゃねぇが、〝気〟だまりにはな、神話時代に生きた人間の遺体が埋まっていることがある。そして〝気〟だまりにある遺体は保存状態がよくてな、たいていミイラ化しているんだ」

ミイラと聞いて俺は有名な冒険活劇を思い出していた。お宝を求めてジャングルに分け入り、人知れぬ遺跡とかを探検して、もはやお約束と言っていい危機的状況に陥るご都合主義のアレだ。まぁ俺も幼少のころは、その冒険活劇の主人公に憧れていたりしたわけだが。

「ようしお前ら！　遺物の周りを掘って引きずり出すぞ。中の検分はその後だ――」

山岸さんの号令が響き、浮かれていた新人発掘師たちが新幹線の周りを掘りはじめた。新幹線の両脇と上にスペースを作り、全員で途中の広間まで引きずり出す作戦だ。おそらく数十トンはあろうかという新幹線の車体だ。埋まったままの状態で引き抜くことはできないという判断だった。

崩落防止処置を施しつつ作業は順調に進み、先頭車両を広間まで引きずり出したところでこの日の発掘は終了になった。先頭車両内には山岸さんの予想通り、二十体を超えるミイラ化した遺体が眠っていたが、もう一両を掘り出したあとにまとめて埋葬することになった。

そして翌日、昼過ぎに事件は起こった。それはもう唐突に。これまで、トントン拍子に進んできた発掘作業だったが、最後にとんでもない事態に遭遇してしまったのだ。

試験に合格した後に、心構えとして坑道の崩落事故は説明されていたが、なにも研修中に起こらなくてもと、このとき俺は天に悪態をつきたくなった。

これじゃまるであの冒険活劇のお約束と同じじゃないか。俺はそんな危機的状況に陥るところまで発掘師に求めていたわけじゃないんだ。しかし、起こってしまったことを嘆いても、いいことなど何もないだろう。

何があったかというと、車両周りの土砂を全て運び出し、二両目を先頭車両があった位置まで引きずり出していた時にその事態は起こった。車両の前方で指揮を執っていた山岸さんが突然顔をひきつらせて叫んだ。

「危ない！　広間まで撤退しろぉぉぉお！」

後ろを振り返り、山岸さんの視線の先を追う。天井に梁のように横たわっていた支柱らしきコンクリートにひびが入り、ミシリという音とともに折れ曲がった。そして、崩落防止用の丸太をへし折り、車両の天井にへの字を描くように落下してきたのだ。要所要所に設置していた崩落防止の木組みもメキメキと折れ、同時に天井の土砂と、〝妖気〟までもが降り注いできた。

「ヤバい」

俺はそのとき、思ったことを反射的に口に出していた。一番〝気〟力が高い俺が先頭になって車両を引っ張り、ほかの新人発掘師たちは車両の横や後ろに貼りついていたが、このままではどう足掻いても間に合わない。ほぼ全員が生き埋め確定だ。

俺はとっさに、車両にありったけの〝気〟を流した。落下してくる土砂やコンクリート片を全力で押し上げ、そして支えるためだ。

右側中央付近に走った山岸さんは、崩れ落ちようとしているコンクリートの支柱を、これ以上崩れないようにツルハシで支えている。左側後方中ほどで指揮を執っていた遥も俺と同じことを考えたようで、アルミ製の車体を通して、彼女の持ち上げようとしている〝気〟を感じ取ることができた。

坑道の天井すなわち車両の真上では、あふれ出た〝妖気〟と〝気〟が触れ合って対消滅を起こし、バチバチと閃光が走っている。

〝気〟は体から離れると、とたんにその力が減衰してしまうが、特に金属中を通してやれば、減衰することなくその力を伝えることが可能だ。

両手から車体の中へ。そして車両の天井から、落ちてくる土砂やコンクリート片を、流した〝気〟で固定し、坑道の天井部分の今にも崩れ落ちようとする土砂とともに上方に持ち上げる。

あふれ出る〝妖気〟との対消滅で、俺の〝気〟も減っているが、元々の総量が桁違いなので気にはならない。が、支えている重量は途方もない重さだった。それでも、落下しようとする土砂に〝気〟をうまく絡めることで、坑道両脇の地盤へと重さを分散し、なんとか土砂の崩落を食い止めることに成功していた。

イメージ的には落下しようとする土砂をアーチ状の橋のように〝気〟で固定する感じだが、このままではすぐに限界が来てしまう。

「くッ！　ひ、広間までッ、駆け抜けろぉぉおッ！　遥、お前もだぁぁあ！」

その重さは想像を絶するものだった。車両から手を放すことはできない。そんなことをしてしまったら、とてもこの重量は支えきれそうもない。遥の力も足しにはなっているが、先に退避してもらわないと、絶対に彼女は助からないだろう。俺以外の新人発掘師たちはすでに走り去った。残るは俺と山岸さん、それに遥だけだ。

「なっ、なに言ってんのよ！　あんたにだけ任せられるわけないじゃない。私は引率なのよっ！」

「ダメだ、聞いてくれ遥。このままじゃ持ちそうもない。それに、遥が退避してくれた方が楽になるんだ。俺に考えがあるッ！」

「……」

「遥ぁ！　頼むから早く退避してくれぇぇぇぇぇ！」

それはもう魂の叫びだった。このままだと、あと三十秒も持ちこたえられない絶対の自信があった。情けない自信だが、無理なものは無理だ。

「ッ！　分かったわ。あんたも絶対退避しなさいよ」

「山岸さんもッ！」

「分かった空。何か考えがあるんだな」

「はいッ」

俺の考えはこうだ。新幹線の車両は二十五メートルほどだが、その上全ての土砂を支える必要はない。俺と遥が車両の前後にいるので、今までは車両の上部全ての土砂を支えていたが、遥と山岸さんが退避してくれれば、自分の上だけを支えれば済む。冷静に考えれば誰にだって分かる簡単な理屈だ。

「空っ、無理しないで」

「すまん」

そう言って駆け抜けていった遥と山岸さんを横目に、俺は自分が脱出するタイミングを見計らっていた。まずは車両の後方から徐々に〝気〟を抜いていく。一気に自分の周辺以外の〝気〟を抜くと、大きな崩落が起こって、その余波を受けそうだと思ったからだ。

目論見通り、〝気〟を抜いた車両後方部分から徐々に崩落が進行し、車両に添えた両手からその振動がガシャガシャと伝わってくる。同時に、限界に迫っていた〝気〟力にかなりの余裕を取り戻した。あとはタイミングを見計らって脱出するだけだ。

そう思ったときだった。俺の後方、すなわち広間に通じる唯一の脱出路が、一瞬にして崩落により塞がってしまった。崩落の余波に注意を払って慎重に〝気〟を抜いてきたつもりだったが、そうは問屋が卸してくれなかったらしい。

「これじゃ八方塞がりというか一方塞がりだ……」

唯一の脱出路を断たれたとあっては万事休すだった。しかも、崩落で飛来したコンクリート片が腰のランタンに直撃し、あたりは完全な暗闇に包まれてしまった。もはや視覚は完全に断たれ、〝気〟による感覚でしか周囲を視る手段がない。

俺の周囲五メートル四方はまだ崩落していないが、このまま天井の土砂を支えていても、もはや意味がないような気がする。あえて意味を見出すなら、土砂まみれにならずに済むくらいだろうか。

ならばどうすべきか？

〝気〟という異能を得る前の、つまりこの時代に来る前の俺がこの状況に置かれたとしたら、間違いなく生をあきらめていただろう。いや、そんなことを考える前に確実に土砂に押し潰されて絶命していたはずだ。

しかし、異能の力を得た今の俺ならば、この絶望的に見える状況でもなんとかなってしまうような気がしている。というか、このまま生き埋めになっても、モグラみたいに穴を掘って抜け出せる自信があった。

「でも、それはできないよな……」

あることに気がついてしまった俺は、自力で脱出するという選択肢を選ぶことができなかった。

なぜか？　簡単なことだ。広間に脱出せずに、車両の中に逃げ込んでしまった人間がいると、分かってしまったから。それが分かったのは〝気〟を抜いている途中だった。車体越しに伝わってきた生きた人間の〝気〟。しかもそれは、覚えがある感覚だった。もちろん阿古川哲也などではない。女子だ。位置は車両の後方。

崩落で車両が押し潰されないように〝気〟をコントロールし、俺は車両の中へと飛び込んだ。支えを完全に失った天井が崩れ、車体は完全に土砂の中に埋まっていく。ガコガコミシミシと嫌な音が続いていたが、数秒で完全な静寂が訪れた。

光はない。が、車両の中の様子は把握できている。あちこちの座席やその下に、遺体があることも感じ取れた。そして、車両の後方中ほどの通路に、うずくまるように這いつくばる女子がいる。

「鈴音ちゃん！」

俺の呼びかけに、うずくまっていた鈴音ちゃんが顔を上げた。表情はまったく分からないが、彼女の〝気〟からは安堵が伝わってくる。

「空さん、ですか？」

「うん」

その声からは、彼女の〝気〟と同様に明らかな安堵と驚きが感じられた。ここで自信ありげな爽やかスマイルを見せれば、彼女のハートは陥落間違いなしなのだろうが、まっ暗闇な現状が憎たらしいことこの上ない。

「よかった。でも……」

「この中は俺が潰れないようにしているから安全だよ。車両の前の方で救出を待とう。鈴音ちゃんは動ける？」

「はい」

「そのままゆっくり前に進んで」

少しばかり土砂が入り込んでいるが、今俺がいる周りの席には遺体がない。通路に遺体がないこともすでに確認済みだ。途中何か所か窓の部分から土砂が入り込んでいるが、通路までは少ししか達していなかった。

鈴音ちゃんは、四つん這いで俺の方にゆっくり近づいてきている。手探りで通路の位置を確かめるようなことはしていないので、彼女も〝気〟で物や人の位置が分かるのだろう。

「大丈夫だった？」

「は、はい。あっ、あのっ」

「ん？　どうしたんだい」

「い、いえ、わたしたち、どうなるんでしょう」

声のトーンからすると、鈴音ちゃんは不安なのだと思う。表情が読み取れないので勘でしかないが。というか、この状況になって不安を覚えない方がおかしいだろう。俺はそんな彼女を安心させようと、自信ありげに状況を説明した。

「きっと大丈夫だよ。さっきから探っていたんだけど、崩れ落ちた土砂をみんなで外に運び出しているみたいだから」

「そんなことまで分かるんですか？」

「あ、うん。崩落はこの先二十メートルくらいまでだから、数時間で助けが来るはずだよ」

「そんなことまで分かるなんて……すごいです。空さん」

そう言った鈴音ちゃんは、明らかに安心したようだった。そして、明らかに俺を頼りにしている。俺はと言えば、頼りにされてスゴイと言われ、嬉しい照れ笑いを浮かべていたのだが、彼女には見えていないだろう。

「でも鈴音ちゃん、どうしてみんなと逃げなかったの？」

「ゴメンなさい。わたし、一番後ろで押してたんですけど、天井が崩れ出したとき、思わず中に飛び込んじゃったんです――」

小さいころから発掘師に憧れていたという彼女は、もちろん崩落事故の危険性は承知の上だったそうだ。しかし覚悟していたとはいえ、いざ事故に遭遇してみると、その恐怖は想像以上で、車両の中に逃げ込むことしかできなかったそうだ。

〝気〟という異能がない時代の人間なら、崩落事故に巻き込まれれば、生きたまま救助される確率は低いだろう。しかし、今の時代の人間ならば、防御姿勢をとって呼吸できる空間さえ確保できれば、高確率で救助まで耐えられるのだ。

「――発掘師の資格に〝気〟力の下限があるのは、妖魔と戦うことだけを想定したものではないんですよ。崩落事故に巻き込まれても生還できる確率が高い者だけが、発掘師になれるんです」

「鈴音ちゃんはよく勉強してるんだね。俺も発掘師には絶対になりたかったから必死に勉強してるんだけど、まだ、鈴音ちゃんほど詳しくないよ」

〝気〟力が高い御堂家に生まれた鈴音ちゃんは、本妻の娘でなかったということと、発掘師への憧れもあり、小さいころから発掘師になるための勉強をしていたそうだ。

鈴音ちゃんとの話題はほとんどが発掘についてであり、彼女の知識の深さが伝わってきた。俺も発掘師になりたくて、というか天職だと思ってなった口だから、彼女との話は、状況を忘れさせるほどに楽しかった。

鈴音ちゃんは発掘師に憧れていたというだけあって、特級発掘師である遥への憧れも強く、襟首をつかまれてネズミの中に放り込まれたというのに、彼女への想いは揺らいでいなかった。

「空さんは遥さんの実家に住んでるんですよね。羨ましいです。でも、遥さんとはどうやってお知り合いに？」

「遥の祖父は猟師なんだ。そして、彼女は猟師小屋で祖父の手伝いをしていた。俺は森で行き倒れていたところを遥の祖父に助けられたから」

「そうなんですか……あ！」

話をさえぎるようにゴッツ、ゴッツという音が聞こえ出した。そして、車両前方から入り込んできていた土砂が崩れはじめた。どうやら外に出られそうだ。

「助けが来たみたいだ」

「よ、よかったです。助かったんですね……」

ゴツゴツガラガラという音が次第に大きくなり、そしてとうとうオレンジ色の光の筋が、入り口の上の方から射し込んできた。光に照らされた鈴音ちゃんの頬には喜びの涙が伝っている。

「空っ！」

その声は遥のものだった。彼女には〝気〟を伸ばして俺が生きていることを伝えていたが、少し大げさすぎないか？　と、思えるほどの叫び声だった。俺が車両の外に出ると、大きな歓声が上がり、人目をはばかることなく遥が抱きついてきた。

「助かったよ、遥。もう一人も無事だ」

「助かったじゃないわよ空！　怪我もないみたいだし、とりあえずは無事でよかったと言っておくけど。どうして、どうしてあんな無茶をしたの！　ホントに心配したんだから……」

遥は今にも泣き出しそうな顔をしていた。俺が生きていると分かっていても、その言葉通り心配だったんだろう。

「ごめん。でも、あの状況じゃ俺がああするしかなかった」

「分かってるわ。御堂さん、無事だったからよかったようなものの、貴女の行動がもとで空が残らざるを得なくなったこと、忘れないでね」

後ろめたさがあるのだろうか、俺の後ろに隠れるようにしていた鈴音ちゃんは、遥の注意を受けておずおずと彼女の前に出た。

「ごめんなさい。わたしのミスで空さんを危険な目に遭わせてしまいました」

「理解しているのならこれ以上言わないわ。以後気をつけるように。でも、ホントに二人とも無事でよかった」

鈴音ちゃんは、遥の安心したような顔を見て、ようやく笑顔を取り戻した。そして、それを確認したかのように山岸さんが声を上げた。

「まぁアレだ。こうして全員怪我ひとつなかったことだし、発掘の危険性も十分に理解できたと思う。いいか、一度崩落した場所は再崩落の危険性が跳ね上がることを忘れるな」

「あの、質問していいですか」

真っ先に声をあげたのは阿古川哲也だった。

「なんだ。言ってみろ」

「埋まってしまったお宝はあきらめるんですか？　俺はあきらめきれません」

俺の思いも阿古川哲也と同じだった。せっかく見つけた極上のお宝だ。簡単にあきらめるなんてできないし、困難を克服してこそ発掘の醍醐味《だいごみ》だろ。第三者的に考えれば、これは明らかに何か事件が起こるフラグだと確信できるかもしれない。しかしだ、そんなフラグはこの俺がへし折ってやる。

「危険なことは分かってるけど、俺もあきらめる必要なんてないと思う。というか俺がなんとかしてみせる！　せっかく見つけた極上のお宝を発掘しないでどうするんですか」

「ダメだっ！　と言いたいところだが……。まぁ、普通は崩落した現場の遺物はあきらめるのがセオリーだ。しかし、俺も発掘師の端くれだ。あのお宝が危険を承知で発掘するだけの価値があることは十分に理解している。よしっ！　再崩落しないように細心の注意を払いつつ作業を再開するぞ」

「たしかに山岸の言うとおりね。崩落防止の木組は今まで以上に頑強に施工しましょう」

遥も納得してくれたことで、埋まってしまった車両を掘り起こすことになり、俺のテンションはうなぎ登りだ。が、何の策もなしに作業に取りかかることは危険すぎるということで、今日は車両前方の崩落部分に厳重な崩落防止措置を施すことで話がまとまった。その作業にはけっこう時間がかかったが、陽が沈んで二時間ほどで終了し、この日の作業は終了したのだった。


明けて翌日、作業は再開され、崩落防止措置に時間はかかってしまったが、夕方には無事に二両目を広場に引きずり出すことに成功していた。が……。

「で、なにか言いたいことはある？」

新人研修の現場で誰がこんな光景を予想していただろうか？　二台の車両が収まった広場の片隅に、山岸さんが大きな体を小さく丸めて正座をしている。その正面で遥が腕を組み、鬼の形相で彼を睨みつけていた。研修生たちはそれを取り囲むように全員で山岸さんを睨んでいる。

「なにもありませんです遥様。私が悪うございました」
「ほう、お前でもそんな殊勝な態度ができたのね。だがしかし、特級発掘師の引率としては失格よ――」

山岸さんが延々と遥の叱責を受けている構図なのだが、これにはもちろんそれなりの理由があった。

最初の崩落現場の土砂を取り除いたときだ。最初に折れたコンクリートの支柱。その上部にぽっかりと大きな穴が開き、陽の光が射し込んできた。なにかに気づいたようにその穴を登って行った遥は、降りてくるなり山岸さんに詰め寄っていた。

理由を知りたくなった俺は、空いた大穴によじ登って全てを理解することになった。大穴から地上に出てみれば、そこは確認のときに山岸さんが掘った部分だったのだ。

もともとこの大穴に土はほとんどなく、岩やコンクリート片が詰まっていたのだが、山岸さんが確認のために穴を掘った衝撃で、それらを支える形になっていた支柱にひびが入っていた可能性が高い。遥はすぐにその答えにたどり着いたのだろう。

結局そのときは、まだ危険な作業が残っていたため、遥は山岸さんを軽く怒鳴りつけただけだったが、車両を広間まで引きずり出した後、件の場面と相成ったわけだ。

「――今日のところはこれくらいで許してやるわ」

ようやく遥の叱責が終わり、今日の作業は車両の中の遺体を埋葬したところで終了した。

山岸さんは元気なく、しかし積極的に遺体の運び出しに参加していたのが痛々しかったが、これがあの時感じたフラグの正体だったのかと、妙に納得したのだった。山岸さんには悪いが、俺にあのとき、このフラグをへし折ることなどできようはずもなかったことは間違いない。


明けて翌日、車両の分解と運び出し、馬車での運搬を終えて俺たちの新人研修は終了したのだった。

「お前の底力を思い知ったよ。俺には到底到達できない領域にお前はいるんだな。しかしそれにしても、お宝も凄い量だった。この馬車二台で三往復だろ。いくらになるか楽しみだな」

とは解散前の阿古川哲也の言葉だった。さらに、身を挺《てい》してみんなの窮地を救ったと受け取ってくれたのだろう。野郎どもからは完全に妬みの視線が消え、女子たちからは神聖視するような視線を投げかけられるようになってしまった。これはこれで嬉しいことなのだが、特に女子たちにもっと積極的に声をかけ、フレンドリーな関係になりたかったと、少しだけ後悔した。

そして、お宝の査定は後日になるということなので、街へと戻り次第解散と相成ったわけなのだが、三日後に通知された査定金額は、一人あたり二十一万五千円ということだった。俺の生まれた時代の金額で二百万円強の大金だ。新人二級発掘師の、しかもたった一週間の研修で得た報酬としては、まさに破格と言っていいだろう。

いろいろとアクシデントには遭遇したが、話と違って強力な妖魔が出現することはなかった。しかしこうして、夢と希望に満ちあふれた俺の発掘師人生がスタートしたのである。

登場人物紹介4

御堂鈴音

Suzune Mido

空と同期の発掘師の少女。
特級発掘師である遥のことを尊敬している。

「――私は発掘師になって自立するんだから！」

「ほえ面かかせてやるから覚えとけよ」

阿古川哲也

Tetsuya Akogawa

空と同期の発掘師の少年。
やや短気な性格ながらも、
発掘への情熱は強い。

エピローグ

空たちが新人研修に参加していたころ、一花は三島鉱山の南南西、富士宮に張られた防衛線に赴いていた。

富士宮防衛線は、富士山跡地から湧き出てくる妖魔を食い止めるための最前線であり、富士大公国最大の鉱山、豊田鉱山からの主要輸送路と三島鉱山に回り込んでくる妖魔を食い止めている。そこには富士大公国軍の三分の一にあたる兵力が配置されており、富士大公国すなわち御殿場南方の防衛線に匹敵する規模を誇っていた。

「――妖魔どもに大きな動きは見受けられません。カテゴリー二以下の群れは散発的に襲撃してきていますが」

「そうですか、分かりました。引き続き警戒を怠らないように。カテゴリー四以上が現れたら直ちに報告なさい」

「ハッ」

十数キロにわたる防衛線、その中央付近の少し奥まった位置にある丘の上に設置された天幕。その天幕を後方に、一花は富士宮防衛司令官からの報告を受けていた。彼女の前方には、先のとがった丸太で組まれたバリケードが、延々と防衛線に沿って設置されており、左右を見渡せば高い監視用のやぐらが距離を置いて建てられている。

空が発掘師の研修を受けることを知った一花は、万が一を心配して視察に訪れていた。しかし、万が一にでもカテゴリー四に区分される妖魔の流入を一匹でも許してしまえば、その被害は甚大なものになることが過去の歴史から明らかだった。

強さのたとえで言えば、山小屋で空と遥が倒した四匹の山猿は、ボス猿も含めてカテゴリー二に相当する。あのときの山猿は妖魔ではなくただの獣であり、妖魔と比べれば、おとなしい部類に当てはまるのだ。空が最初に殴り殺したボス猿が妖魔化した場合、恐ろしいまでに強く凶暴な存在になるが、それでもカテゴリー三の枠を超えることはなく、カテゴリー四以上の妖魔がいかに強く恐ろしく、絶望的な存在であるかは想像に難くないだろう。

妖魔及び野獣の強さはカテゴリー零から五までに分けられており、カテゴリー四の妖魔であれば百人規模の軍隊でなんとか討伐が可能になる。カテゴリー五に相当する妖魔は、始祖クラスの強者か、最低でも千人規模の軍隊でなければ相対することができない災害級の凶悪さを誇る。

「一花様、襲撃の峠はすでに越えていると思われますが」

「ええ……。それでも、万が一があってはなりません。気のせいだといいのですが、妖魔たちの動きが去年までとは違うような気がします。違和感がぬぐえないのです」

脇に控えている藤崎は、いつになく慎重で、そして不安そうな一花の横顔を真剣なまなざしで見入っていた。

番外編
約 束

The Digger
Game From Mythological Age

研修が終わり、ようやく俺も発掘師としての人生を歩むことになった。今日はそんな俺を祝ってくれるということで、一花ちゃんたち高科さん一家のプライベートな祝宴というか晩餐にお呼ばれしている。

「よく来てくれたね空君」

「こんばんわ。今日は呼んでくれてありがとうございます」

「ささ、上がって上がって。希美ちゃんも一花も待ちくたびれているよ」

「あはは、遅くなってすみません」

和服姿の女中さんというか使用人さんに連れられて、高科家の玄関に通された。玄関で俺の到着を待っていたのは、ゆったりした家着を身につけた陽一さんだった。かくいう俺は、大公宮の中にある高科家を訪問するということで濃紺のスーツだ。さすがに普段着でここに来る度胸はない。

「こんばんわ。希美花さん、一花ちゃん。って、うをっ！　スゴイご馳走っすね」

「こんばんは、空君。今日は一花ちゃんが張りきってお料理したからたくさん食べていってね」

「もちろんっす。こんなに美味そうなご馳走、残さず全部食べますよ」

「まぁ！　良かったね一花ちゃん。丹精こめて作った甲斐があるね」

「も、もうっ！　お母様……」

恥じらうように頬を染め、俺から視線を外した一花ちゃんだったが、それでもその顔には安心したような喜びが溢れていた。そんな彼女の胸に揺れ煌めく紫水晶。

俺の首にも同じような紫水晶が掛かっているが、そういえば一花ちゃんがこのネックレスをねだったのは、彼女がまだ六歳のころだったか……


「空君すまないねぇ。一花のこと頼んだよ」

「任せてください。俺も春休みでヒマしてたんで」

「一花ちゃん、空お兄ちゃんの言うことをよく聞いていい子にしててね」

「うん。いちかいいこにしてる」

夫婦二人でどうしても外せない用事があるということで、もうすぐ小学生になるまだ幼い一花ちゃんを、隣に住む我が家で預かることになった。

「ソラおにいちゃん、きょうはソラおにいちゃんのおうちであそぶの？」

「そうだよ、一花ちゃん。お父さんとお母さんが帰ってくるまでお兄ちゃんと遊ぼうね」

「やったぁ！　いちかソラおにいちゃんとあそぶあそぶ」

「じゃあ、何して遊ぼうか、一花ちゃんは何がしたい？」

「えっとね、えっとね。ソラおにいちゃんのおへや」

てっきりおママゴトとか、おもちゃで遊びたいとか言ってくると思ったら、その予想を思い切り外されてしまった。一花ちゃんが俺の部屋に来るのは今日がはじめてではないが、いつもは居間で遊んでやることが多かった。

まぁ、部屋の押し入れの奥にはガキのころに遊んだおもちゃとかがいまだに仕舞われているから、いざとなればそれを引っぱり出せばいい。

「はやく、はやく！」

急かす一花ちゃんに手を引かれ、階段を駆け上がる。部屋に入ると、彼女は俺の右足にしがみついてきた。自分でも割と殺風景だと思っている俺の部屋は、雑誌とかが少し散らかっていてお世辞にも綺麗だとは言い難いが、一花ちゃんがそんなことを気にする様子はなかった。

「えへへー、ソラおにいちゃんすわって」

「はいはい。これでいいかい」

なにをするのかと思えば、一花ちゃんは俺の体をよじ登りはじめた。

「んしょ、うんしょっ」

歳の離れた従妹とかで経験はあったが、元気に走り回るようになった幼児は、やたらにベタベタとくっつきたがったり、大人の体によじ登ったりしたがるものだ。一花ちゃんは年齢的にもうそろそろ卒業してもいい頃合いだと思うが、久しぶりに遊んでもらえるのが嬉しいのかもしれない。

「やったぁ」

俺の体を登りきり、両足で首を挟んで肩車の態勢になった一花ちゃんは、両腕でがっしりと俺の頭をホールドしておねだりしてきた。彼女の体温と早い鼓動が後頭部に伝わってくる。

「たって。ソラおにいちゃん、たって」

「分かった分かった。そんなに髪を引っ張らない」

一花ちゃんに急かされた俺は、立ち上がってカーテンを開け、二階テラスに通じている窓ガラスを開けた。気持ちいいそよ風に誘われ、春の陽光が降り注ぐテラスに降り立つ。

「うわぁー、たかい。たかいよ、ソラおにいちゃん」

「そうだね。ほら、あそこ」

俺は空にまっすぐな白い雲を描いている物体を指さした。

「あっ、ひこうきだ」


ひとしきり二階テラスからの風景を堪能した一花ちゃんは、肩車を降りると、テラスでひとり遊びに興じていた。俺はその光景をイスに腰掛けて眺めていた。

「一花ちゃん、そろそろお昼だから一階に降りようか」

「うん」

一花ちゃんの手を引いて一階に降り、洗面所で手を洗ってすでにリビングダイニングに用意されていた昼食を頂いた。

「一花ちゃん、今日は何をして遊んだの？」

「えっとね、えっとね。かたぐるま」

「そう、楽しかった？」

「うん」

「ごはんは美味しい？」

「うん、とってもおいしいよ」

「あっ、そうだ。一花ちゃん」

「母さん、あんまり話しかけると一花ちゃんが食べられないよ」

「だってぇ……」

俺の母親も一花ちゃんが可愛いくて仕方がないのだろう。が、俺には一花ちゃんが迷惑そうにしているように見えた。現に一花ちゃんの視線は、頬を膨らませモグモグと咀嚼しながらも、次の獲物《おかず》に狙いを定めている。

「御馳走さま」

「ごちそうさま」


昼食を食べ終えた一花ちゃんは、一階の客間でお昼寝の時間だ。俺はその間に自室で読書でもすることにした。ただ、読書とは言っても小説とかマンガとかではなく、トレジャーハンティング関連の本だったりする。

別に小説とかマンガを読まないわけでもないが、どちらかと言えばそれよりもトレジャーハンティングの方を優先させてしまうのだ。


しかし、そんな俺でもベッドに寝転んでページをめくっているうちに、いつのまにか眠ってしまっていたようで、気がつけば一花ちゃんに馬乗りされて顔で遊ばれていた。

「ふにゃ？　ほはひょういひかひゃん」

「あ、ソラおにいちゃんおきた」

そう言って笑顔を見せた一花ちゃんの視線が、俺の首のあたりにくぎ付けになった。

「うわぁ、きれい」

さっきまで俺の顔をまさぐっていた一花ちゃんの可愛い手に握られていたものは、去年の秋におじさんのところで磨いてきた紫水晶だった。

構ってほしいからだろうが、今の今まで俺を起こそうとしていた一花ちゃんの興味は、もう完全に紫水晶に移ってしまっている。

「欲しいの？」

「ほしいけど、これはソラおにいちゃんのでしょ？」

「そうだけど、欲しかったらあげるよ」

「ううん、これはソラおにいちゃんのだからいらない。いちかはソラおにいちゃんとおなじのがほしいの」

目じりに涙を浮かべながらもそう言った一花ちゃんだったが、彼女の言葉はやっとの思いというか頑張って絞り出したような、あきらめきれない感じを孕んでいた。彼女としては欲しくて欲しくてたまらないけど、他人のものをむやみにおねだりしてはいけないと両親に教育されているのだろうか。

「じゃあ、今度おじさんのところに行ったときに一花ちゃんのを作ってこようか？」

俺がそう言った瞬間に、一花ちゃんの表情がぱあぁっと明るくなった。

「ぜったい。ぜったいだよ！　うそついたらソラおにいちゃんのこと、いちかキライになるんだから」

このときの一花ちゃんには、その幼い顔からは想像できないほどの、迫力というか凄みがあった。よほどこの紫水晶が欲しいのだろう。

「じゃあ指切りしよう」

「うん！」


指切りをして安心したからだろうか、この後一花ちゃんはいつも以上に俺にじゃれついてきた。夕方になって陽一さんと希美花さんが迎えに来るまで、一花ちゃんはひとときも俺のそばを離れようとしなかったのだった。


そんなことがあったよなぁ。なんてことをついつい思い出してしまった。あのころの一花ちゃんも可愛かったが、今の成長した一花ちゃんもまた、昔以上に可愛くなったなと再認識させられた。

「あらぁ？　どうしたの空君。そんなに一花ちゃんが気になるぅ？」

希美花さんはそう言って笑みを浮かべた。

「えっ、あ、いや、なんだか昔を思い出してしまって……」

「ささっ、今日はお祝いだ。せっかくの手料理が冷める前に頂こう」

微笑ましい笑みを浮かべたままの希美花さんと、恥ずかしそうに顔を染めている一花ちゃん。そして居心地が悪くなった俺を見かねたように、陽一さんの仕切りで晩餐がはじまり、一花ちゃんの心がこもった手料理を満喫しつつも俺たち四人は昔話に花を咲かせたのだった。

あとがき

　プロの小説家が創作した紙媒体の小説など片手の指で足りる程度しか読んだことが無く、気楽に読めるＷｅｂ小説に影響を受けただけの私が、まさか紙媒体で小説――と呼べるかどうか分かりませんが――を商業出版できるとは露程も考えてはいませんでした。

　先の通りＷｅｂ小説に影響されて執筆活動をはじめたのですが、当然ながら素人の私には小説を創作するノウハウなど有るはずもなく、思いついたことをただ書き連ねてはＷｅｂ小説投稿サイト「小説家になろう」様に投稿しておりました。

　そんな状態で執筆した作品に人気が出るはずもなく、初投稿作品はほとんど読まれることもなく埋もれていきました。二作品目も当然のごとく埋もれていき、小説を書くノウハウを四苦八苦して独学しながら書いた三作品目にして初めて、ある程度読者様に読んでもらえる作品を投稿することができました。


　長い前置きはこれくらいにして、紙媒体として出版されることになった拙作は、私の五番目の作品になります。まだまだ小説と呼べる仕上がりになったとは思っていませんが、拙作『異世界だと思ったら崩壊した未来だった～神話の時代から来た発掘師～』について、思うところを少しだけ紹介させてください。

拙作の舞台となる文明が崩壊した未来世界。それはもちろん私の妄想が生んだ世界です。便利なインフラや機械類が乏しく、とても暮らしやすいとは言えない世界で、少しでも快適に過ごすために皆の役に立ちたいという思いと、宝探しで一攫千金を夢見るロマンと、強くなって可愛い女の子を助け、チヤホヤされたいという少年の思いを合わせて妄想を膨らませました。

そんな妄想を書き連ねた拙作が世に出る切っ掛けを提供していただいた「小説家になろう」様、拙作を見出してくださった「株式会社TOブックス」様、素晴らしいイラストを描いてくださった千時様、そして拙作をお買い上げくださった皆様に、この場をお借りして御礼申し上げます。

今後とも『異世界だと思ったら崩壊した未来だった〜神話の時代から来た発掘師〜』をよろしくお願い申し上げます。

滋田英陽

TOブックス
憧れの発掘師生活
スタート♪

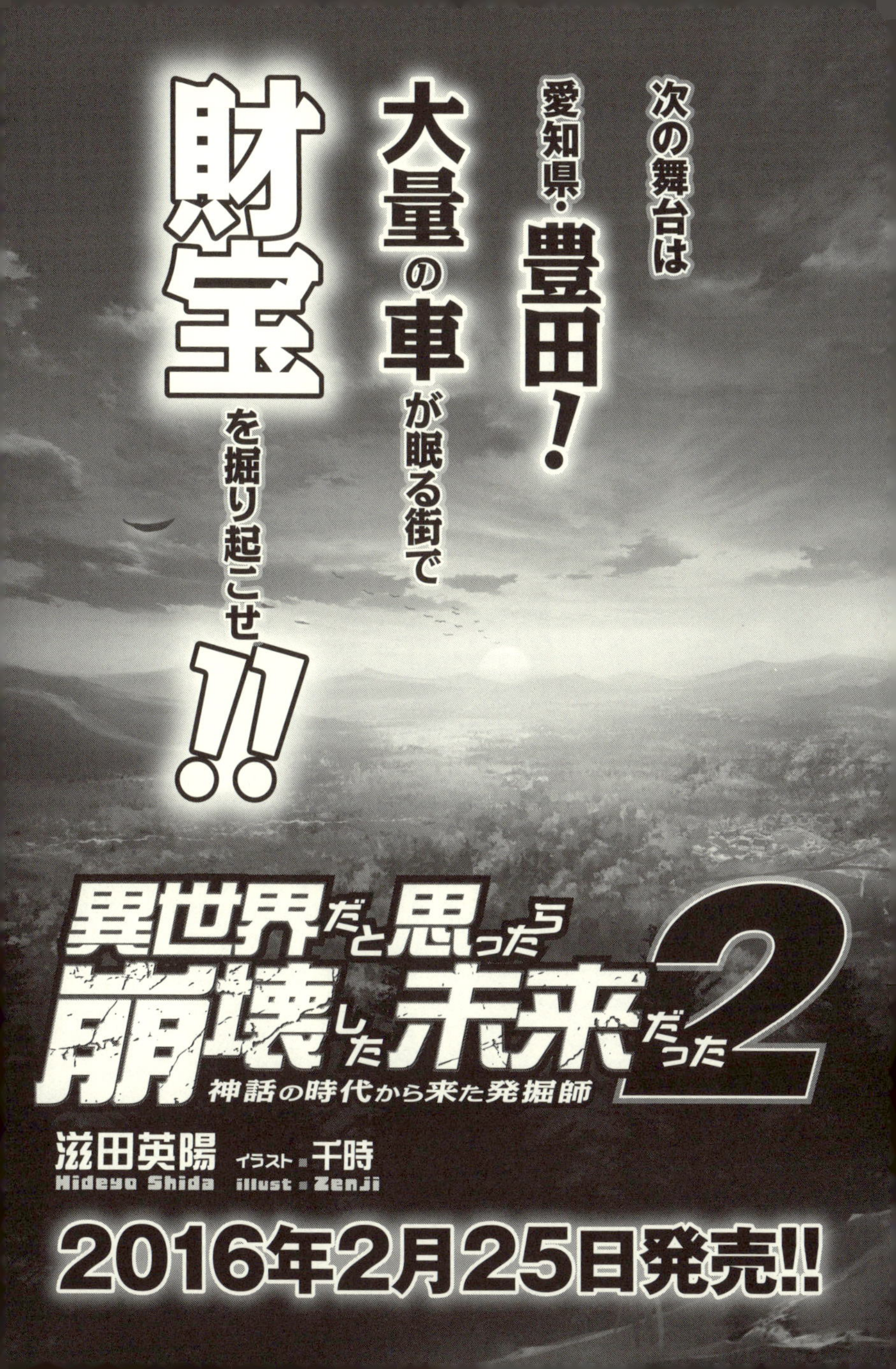
次の舞台は
愛知県・豊田！
大量の車が眠る街で
財宝を掘り起こせ!!
異世界だと思ったら崩壊した未来だった2
神話の時代から来た発掘師
滋田英陽 イラスト■千時
Hideyo Shida illust■Zenji
2016年2月25日発売!!

TOブックス
Ⅱ
蜂蜜の月
の笑顔のために
を作るんだ!
・ファンタジー!
http://www.tobooks.jp/sweets
シリーズ続刊予定!

I
アップルパイは笑顔と共に
おかしな転生
著 古流 望
イラスト 結賀さとる
みんなお菓子
王道スイーツ

Umidori Aono
青野海鳥
Illustration miyo.N
TOブックス
夜伽《よとぎ》の国《くに》の
月光《げっこう》姫《ひめ》
Yotogi no Kuni no Gekkouhime
抱腹絶倒の
シンデレラストーリー!
大国の存亡は
このお~~姫様~~《おっさん》に託された。
第1巻・第2巻
好評発売中!!

俺のペットは聖女さま
My pet is a holy girl
ムク文鳥
Muku-Buncho
イラスト：カスカベアキラ
飼っていたインコと、
異世界で新婚生活!?
聖女と共に歩む
純愛ストーリー！
好評発売中！
TOブックス

異世界だと思ったら崩壊した未来だった
〜神話の時代から来た発掘師〜

2016年1月1日　第1刷発行

著　者　**滋田英陽**

発行者　**深澤晴彦**

発行所　**TOブックス**
〒150-0045
東京都渋谷区神泉町18-8　松濤ハイツ2F
TEL 03-6452-5678(編集)
0120-933-772(営業フリーダイヤル)
FAX 03-6452-5680
ホームページ　http://www.tobooks.jp
メール　info@tobooks.jp

印刷・製本　中央精版印刷株式会社

ISBN978-4-86472-448-7